波が海のさだめなら

キム・ヨンス
松岡雄太＝訳

駿河台出版社

This Japanese edition is published
by arrangement with Munhakdongne PublishingGroup and CUON Inc.

This book is published with the support of
the Literature Translation Institute of Korea (LTI Korea).

目次

第一部　カミラ

カミラはカミラだからカミラ　11
リンゴとも、あるいは紅燈とでも　34
青い月が浮かぶ海の下オーロラフィッシュ　52
平和と似た言葉、つまり苦しみの言葉　69
波浪の中に浸かった図書室　90
どれほど長く抱きしめていたら、夜と昼は　106

第二部　ジウン

黒い海を渡っていくということは　127
私たちの愛の談話、略して〝私たちのあいだ〟　143
短く四回、長く三回、短く長く長く短く、短く一回　156
過ぎ去った時代に、黄金の時代に　171
台風前日の黒砂　186
あなたが聞かせてくれる話は私の耳にも聞こえ　201

第三部　私たち（ウリ）

寂しさ、あるいは不安と煩わしさのあいだの適度な温もり　227
毎日一つの昼が終末を告げる　242
私には翼があるの、それがこの子よ　256
あそこ、あそこにも、閃光のように誰かの顔が　273

特別展　最も冷たき土地にても

一　一九八五年六月頃、ひびがはいったグラナダの後ろ窓ガラス　287

二　一九八六年三月頃、エミリー・ディキンソンの詩　298

三　二〇一二年のカミラ、あるいは一九八四年のチョン・ジウン　310

初版　著者あとがき　312

日本語版　著者あとがき　314

訳者あとがき　317

カバーイラストレーション　西川真以子
ブックデザイン　浅妻健司

「波が海のさだめなら
あなたのことを考えるのは私のさだめだった」

第一部　カミラ

カミラはカミラだからカミラ

アンの死後、私を慰めてくれたのは、すっかり日が暮れたあと、まだ青い光が残っている西の空、ショッピングモールで年配の女性とすれ違うとき、ときおりただようジャスミンの香り、毎年七月になると、決まってやってくるアンの誕生日の二十四日、靴屋で唯一目が行く六・五インチ、その気になりさえすればいつでも押せるアンの十ケタの携帯番号、みたいなものだった。何があっても変わらないもの、いつもそこに残っているもの、ひょっとしたら私が死んだあともそのまま地球上に残るそんなものに、私は慰められたのだ。その一つが、校庭の片隅に立つ一本のレッドウッドだった。

そのレッドウッドの前でユウイチと出会った。彼は案内板の前に立ち、「霧が来る　小さな猫の足つきで　静かに腰をおろして　港と町を　眺めわたしている……」とカール・サンドバーグの「霧Fog」を詠んでいた。サンドバーグは霧のみを愛し、数編の詩を残しているが、短くも印象的、私もその詩を覚えていた。そのあとは最後の行〝それから動いていくAnd then moves on〟だったのに、なかなかその箇所を言わないので、思わず彼をちらっと見ると、目が合ってしまった。

「どうして最後まで言わないんです？」

どぎまぎしながら私は訊いた。

「霧に港と町をゆっくり眺める時間をあげなきゃね。レッドウッドを見てたら霧を思い出しちゃって。こうも丈のある木は、地中から水を吸い上げるのが大変なんだよ。だから上のほうは霧から水分補給してるんだ。レッドウッドは霧を食べて育つってわけさ」

背丈が百メートル以上だったら、果たしてどれほどの吸引力があれば枝先まで水が行き渡るのだろう？　レッドウッドを見て気にならなくもなかったが、もともと高い木だから、水くらい簡単に吸い上げるのだろうと思っていただけで、霧を食べて育つだなんて考えもしなかった。私はうなずいた。私たちは約束でもしていたかのように、梢を見上げた。そして詩の最後のフレーズさながら、やがて各自の道へ動いていった。

以後数日は、ユウイチの言葉がふつふつと頭に浮かんだ。霧に港と町をゆっくり眺める時間をあげないといけない。レッドウッドは背丈がありすぎて霧を食べて育つ。そんなときは、当然彼の声も一緒に聞こえた。レッドウッドの足下で拾った木の皮のように厚く、じっとりした声だった。

数日後、エリックから電話がかかってきた。寝ぼけている私にエリックは、数ヶ月前知り合った三十一歳の大学院生と新たな人生を始めるつもりで家を売りに出した、と告げた。シアトルからの電話だったが、真横で話しているかのように、エリックの声は明瞭だった。だが、二人の親近感と将来への希望がのべつ幕なし感じられるその声を聞いていると、不思議にも距離感が感じられた。三十一歳の大学院生をあいだに、エリックと私はだんだん遠ざかっていった。養母のアンが死んでまだ二年も経っていなかった。一人の男の生から、妻という存在がかくもすぐに忘れ去られるとは！　そのことが私を寂しくさせた。

引っ越しと再婚に対する私の生意気な反応を非難と受け取ったのか、エリックはアンの死後、自分がどれだけ急に老けたか、それにリッチモンドの二階建てでひとり床につくのがいかに寂しいかを説明した。寂しさなんかでエリックと競いたくなかったから、私は黙って聞くだけだった。甚だしくは、彼はたまに幽霊を見るという話までつけ足した。教授らのあいだで早くから異端児扱いされていたけれど、それでも生涯潮流を研究してきた海洋学者なのに、幽霊だなんて。あまりに不釣り合いな単語だった。毎晩一人で幽霊を見るより、若い女を抱いて寝るほうが幸せなのは、言うまでもなかろう。

And then moves on. 人は生まれ、そして死ぬ。いずれにせよ、残された者の人生は続く。幽霊を見ることもあるし、若い女を抱いて寝ることもある。だとしたら、大多数は若い女を抱いて寝る、を選ぶだろう。エリックがその大多数に属するからといって、私に非難するいわれはない。だが、私なら幽霊を見る、を選ぶ。

「エリックにはエリックの人生があるのに、私と関係ある？」

本気で気になり、私は訊いた。

「アンが生涯最も愛したのがお前だったからな。お前がうちに来てからのあいつは俺より常にお前優先だった。だから、何と言うか、お前には前もって言わなきゃならないような気がしてな」

エリックが言った。寂しさは人を弱くもするのか？　疑問だった。私は常日頃からもっと強くあらねばならないと思っていたからだ。

「だったら私は何も関係ないわ」

「オーケイ。で、二階の部屋を整理してたら、お前のものがいっぱい出てきたんだ。どうする?」

エリックが訊いた。

「いったん全部ゴミ箱に入れて。次にそのゴミ箱を空にして」

「そうするには多すぎる。送ってやるから、煮るなり焼くなり好きにしな」

エリックは電話を切った。こうして再び、私はこの世界の誰ともつながっていない完全に自由な身に戻ったのだ。二十一年前のように。

今度は私から電話をかけた。エリックの声はどこか不自然だった。隣に例の女がいるようだ。ふと彼が余生を共にしようとしている女の容姿が気になった。訊きたいことがあって電話したと告げると、エリックは私が再婚問題について深刻な話をしようとしているとでも思ったか、すぐかけ直す、と電話を切った。すぐさま電話が鳴った。別室に移ったのか、全く別人の声だった。

「訊きたいことって?」

若い女と寝るとつられて若くなるのか? その声からはずうずうしさすら感じられた。もう痴呆が来たんじゃない? どうやったらアンをそんなすぐ忘れられるのよ! ひょっとしてエリックは私からそう言われるのを期待していたのでは？　だったら、私のことを知らないにもほどがある。

「再婚したら聞きにくくて。二人はなぜ私にカミラって名前をつけたの？」

意外な質問だったのか、エリックはしばし戸惑った。

「そりゃ、お前の容姿にその名前が似合うからじゃないかな？」

自信なさげにエリックが言った。

「私が花のようにきれいだから？」

「ああ、ツバキみたいに」

この話は幼いころから何度も聞かされた。でも、私はいつも疑っていた。

「二人はツバキをちゃんと見たことあるの？」

エリックはまた狼狽しているようだ。

「ツバキ？　俺たちがその花を見たか？　さあ、一度くらいは見たんじゃないか？」

「なんだってそんな花の名前にしたの？　どうして私はカミラなの？　他にも花はいっぱいあるじゃない！」

「カミラはカミラだからカミラなんだ」

よりいっそう穏やかな声でエリックは言った。まぁ間違ってもない気がして私も笑った。カミラはカミラだからカミラ。

「その名前にすると言いだしたのはアンだから、正直、俺はよく分からん。俺は最後まで役立たずだ。子供のころ、名前が気に入らないってよく言ってたじゃないか。もうアンもいないんだし、嫌なら別の名前に変えな。もうお前は一人なんだし、何でもやりたいようにやればいいんだ」

「別に期待はしてなかったわ。もういい。カミラはカミラだからカミラなんでしょ」

私は言った。

「ああ。ならよかった。で、俺の送った箱は届いたか？　お前のもの、全部詰め込んだら、二十五キロのフェデックス（FedEx）六箱にもなったけど？」

「まだよ。私のがそんなにあったの？」

全部要らないものだろうに。でなくても、そんな箱なんかどこか途中で紛失したり、別の住所に届けられて、はなから私のところに届かなきゃいいのに。箱の中のものを見たらきっとアンを思い出すはず、そうしたらまた涙が出てくるはずなのに。アンを思い出すと胸がつかえる。

「エリックが結婚するなんて……」

私はもっと強くなりたかった。

「うれしい。私が世界に一人残されたとき、私にはエリックとアンがいて、ぎゅっと抱きしめてくれた。一生忘れないよ。だからエリックにも、人生でいちばん寂しい今、抱きしめてくれる人が現れたんだと思う」

「そんなこと言われたらじーんと来るね」

電話を切ると、妙なことに母を思い出した。アンじゃなくて実の母。人生でいちばん寂しい瞬間の子供を抱きしめてやれない境遇に陥った母とは、一体どんな気持ちだろう？　誰か他の人が、髪と皮膚と瞳の色が違う人たちが、その子をあやし慰めるのを遠目に眺めるしかなかったとしたら？　きっとそんなことを何とも思わなかったから、生まれてまもない子を養子に出したのだ。憎むにも値しない悪女。だけど、そうじゃなかったら？　その女性に養子縁組を防ぐ方法がなかったとしたら？　だとしたら、その感情は想像もつかなさそうだ。

夜、ベッドに寝転がり、暗い天井を見つめていると、病床で死にゆくアンの姿が思い出された。そのときアンは告白があると言った。いつぞや韓国から手紙が来ていたこと、そこには私の実母に関する話が書かれてあったこと、だけどその手紙は私に見せず捨ててしまったこと。アンの告白はあまりに衝撃で、むしろ聞かなきゃよかった、そんな内容だった。でも死にゆくアンを恨むことはできなかった。そのときの告白を思いながら、私を産んだ当時、十七歳だったという実母を想像した。どんな十七歳に悪女がいよう。彼女が私と同じなら。だったら、彼女は私と似てるのだろう。その顔を想像しながら、両目を開き、暗闇を凝視した。

数日後、私のひそかな願いとは裏腹に、エリックから送られた箱が六箱、紛失事故もなく、オールバニのアパートに届けられた。何も考えずに最初の箱を開けると、一番上に前掛けをしたテディーベアのぬいぐるみが横たわっていた。綿がダメになった、手垢びっしりのその人形を見たとたん、案の定、涙がこぼれだした。悲しみの処理なら幼いころから一家言あると自負していたのに、大切なものを失ってしまったようなこの喪失感には不慣れだった。涙が自然と止まるまでほったらかしにして、気持ちがちょっと落ち着いたとき、両手でまぶたをこすった。日が暮れ、帳が下りるまで、そうやってじっと座っていた。そのあと、ルームシェアしている二人の友人の一人マリアンが、散歩しようと言うからコートを着て出かけた。近くのショッピングモールまで歩き、温かい飲み物を飲んで戻ってくるつもりだった。

涙が眼球を浄化したのか、周囲が明るく透明に見えた。北の空に、エメラルド色に冷やされた夜が訪れつつあった。アップタウンの明かりが、青い絨緞に撒き散らされた宝石のように、玲瓏に輝いた。インディアン・サマーだ。冷たい夕べの影に暖かい風が押し寄せながら、遠くの明かりがいっそう近づいた。道を歩いていると、ふと医療器具を陳列したショーウィンドウに自分の姿が映った。猫のように小さな身体、水が流れるように窓をかすめる影、もう暗闇だけが唯一の友人のミス・ロンリー。そこからもう少し歩いてゆくと、街が明るくなった。照明がまぶしい建物の一つは劇場だった。劇場の前には〝朗読会‥あなたの顔。入場無料〟と書かれた立て看板が立っていた。好奇心旺盛なフランス人女性マリアンが入ってみようと私の手を引いた。

劇場のドアを開けたとたん、内側から真夏の日差しのように明るく鋭い笑い声を浴びた。そのにぎやかな笑い声に比べ、聴衆の数はそうでもなかった。私たちは客席の邪魔にならぬよう、後方の壁に背をもたれ、ステージを眺めた。詩人やラッパー、スタンディング・コメディアンにアカペラ歌手などが、順にステージへ上がり、詩を詠んだり、ラップをつぶやいたり、ギャグを言ったり、歌ったりしていた。大抵、政治的なブラック・ユーモアか下ネタだった。彼らの中には、詩人かつラッパーかつコメディアンかつ歌手の男性もいた。彼はあらゆるジャンルを遍(あまね)くこなすひょうきん者だった。私は彼がステージに上がるたび、穴が開くほど見つめた。聴衆はさっきの人がまた上がってきたと思っただけだろうが、私は違った。朗誦会が終わったあと訊いたところによると、男の名は長谷川ユウイチ。彼はステージで「林」という詩を詠んだ。

瞳の中に　林へ通じる道がある　君の
視線に入ると　誰も知らない夜明けがある
冷たい月が自分を隠す場所　そこから
神秘の全ては始まり　そしてたった一つの林
林に入り　出られない　空は

青くなり　空気はだんだん透明になるのに　君は
君の暗い林に入り　出てこない　ただ
黒髪のような木の葉　林を覆い

僕の知りえぬそこから　君の秘密は
僕を見つめ　炎のようにきらめく君の瞳

瞳の中に　林へ通じる道がある　君の
視線に入ると　誰も知らない夜明けがある

ステージ前方を照らしていた照明が「炎のように」という言葉とともに突然消えた。スポットライトが彼の顔へ落とされながら光と闇が明滅した。私は彼の顔が変わる瞬間を逃さなかった。闇の中にあった数十億個の顔から一つが、にゅっと幕を押して飛び出してきたというか。随分前から彼を知っていたような感じ。この不思議な既視感と親密感がなかったら、朗誦会のあと、劇場のロビーをうろつきながら、大勢に囲まれる彼に近づき、私がこう尋ねることはなかっただろう。

「もう霧は港と町をゆっくり眺めたでしょうか？」

「たぶん、今なら……」

遠くから私が見つめていたときから、彼は気づいていたらしい。レッドウッドの前で出会って以来、長い時が流れた。だが、私たちは昨日会ったように、霧を食べて育つというその木の話をした。レッドウッドについて話したあとも、私たちはなんだかこのまま話したかった。こんな気持ちが愛の始まりだと私は知っていた。

エリックから送られてきた六箱の中には、私の過去の遺物がそっくり入っていた。しかし、箱が届いた日、テディーベアのぬいぐるみを見て涙したあと、それ以上箱を開けてみる気になれず、部屋の壁際に積み上げておいた。時がたつにつれ、次第にその箱の上に、読みかけの本や新しく買った化粧品、飲みおえたジュースの瓶みたいなのが置かれはじめた。そうやってひと月ほどが過ぎ、箱はまるでもとからその部屋にあった固定家具のように溶け込んでいた。

このひと月は、ユウイチという男を探求する期間だった。ペルー生まれのユウイチは、十代前半で家族と一緒にサンディエゴへ移住してきたとのこと。私は韓国生まれ、生後六ヶ月でシアトルに移住してきたと言ったが、彼は私が家族と一緒に来たものと思っていた。南米人特有の単純さが身に染みついたユウイチは、私の過去なぞ一切訊いてこなかった。彼にとっては今、生きている現在が最も大切だった。私はそんな彼がこの上なく羨ましかった。私にとっては過去が相変わらず大切だったからだ。

若い女性の部屋に全然似つかわしくない二十五キロのフェデックスのダンボールを見ても、ユウイチは全く気にしなかった。代わりにその部屋で彼はただ私だけを見つめていた。私の目と私の顔と私の胸と私の脚を。彼は私に美しいと言った。その言葉は全くの偽りのように聞こえながらも、私は嬉しかった。彼は私の耳に手を当て、私に出会ったあと、新たに作った詩を聞かせてくれたりもした。そういうときは、肺の空気がユウイチの声帯を響かせ、音波を発生させる場面を、そしてその音波が私の耳に入ってきて、鼓膜を揺らす場面を想像した。

至極単純なそうした過程が、この二十一年間、私を苦しめていた苦痛や孤独、絶望や憤怒をきれいさっぱり癒やした。君はすごい。君はすてきだ。君は美しい。君は大切だ。僕は君が大好きだ。頭のてっぺんからつま先まで。この世の何物にも替え難い。一生君だけを愛するよ。僕は君の全てを手にしたい。言葉がこんなに甘ったるくなりうるなんて。この甘美さのせいで私の身体が蝋（ろう）のように溶け落ちてしまうなんて。私という存在は跡形もなく消え去りそうだ。あたかも死のごとく。だけど、そのことが私を生かしたのである。

　指先と足先が同時にびりびりと、全身が溶けてしまいそうなそんな夜が何度か過ぎたとき、はじめてユウイチは箱のことを訊いてきた。母がガンで死んだあと、若い女に溺れた父が新たな人生を見つけ、居場所を移す際、実家の二階にあった私のものを入れて送ってきた箱だと答えた。

「わお！　六つの箱に残った幼少期か。やるねぇ。すごいよ。これ、ホントにすごいことだよ」

　ユウイチがベッドから跳び下り、その箱に向かっていった。

「何が入ってるか、見ていい？」

　私はうなずいた。ユウイチは箱の中から小さな地球儀を一つ取り出した。

「お、こんなのが出てくるの？　これ、いつのやつ？」

私は記憶をたどった。

「十歳のとき、父さんから誕生日プレゼントにもらったの」

「それって何年？」

「一九九七年。欲しいものは別にあって、買ってって何度もおねだりしたのに、いざ包装紙をはがしたら地球儀。当然がっかり。なんでよりによって地球儀なのか、今ならなんとなく分かるけど、そのときは本気でこんなの欲しくなかったわ。私は十歳でも女性でありたかったの。探検家なんかになりたいんじゃなくて。だけどもらって嫌な顔もできず、とっても素敵なプレゼントってふうに、地球儀を手で回しながら喜んだわ。左手で回した。そしたら父さんが急に怒りだすの。右手でやれって。いまだに忘れられない嫌な記憶よ」

「地球が右回りだからじゃない？」

ユウイチが言った。私はそんなこと、考えたこともなかった。

「ホントに？　だから父さんは私の手を叩いたの？　地球は右回りだから、右手で回せって？　本当？　私は家族で自分だけ左利きだからと思ってた」

「たぶんそんなんじゃない？　じゃなきゃ地球儀は右手で回しても左手で回しても同じさ」

「やっぱり私の思いこみだったのかな？　とにかくそのせいでもっと嫌いになったっていう苦い思い出のつまった地球儀。父さんはこれを箱に入れながら何を思ったかしら？　ほらこれ、コードがつながってるでしょ？　夜、電源入れたら地球の表面に星座が現れるんだけど、今はどうかしらね」

ユウイチは地球儀を床に下ろすと、プラグをコンセントに差し込んだ。絶対つくわけないと思っていたのに、意外にもついた。ユウイチは部屋の電気を消した。暗闇の中で丸い円が点々と光を放っていた。

「この箱を送るとき、お父さんは新しい電球に取り換えたみたいだね」

「そうみたい。どういうつもりかしら？」

「そうだなぁ。俺がプレゼントしたこと、絶対忘れるなよ。もうすぐ俺の誕生日もやってくるぜ」

私は笑った。

「そういえば、そのころ、母さんが台所で歌ってた歌を思い出すな。〈Dreams〉って歌。Oh my life is changing everyday in every possible way.」

私が口ずさむと、ユウイチが「And, oh, my dreams it's never quite as it seems, never quite as it seems」と続きを歌った。

「僕はこの曲ならサンタフェを思い出すけどね。そこに遊びに行ったとき、どっかのカフェテリアで初めて聞いた歌なんだ」

「私の記憶、合ってるのかなぁ。でなきゃ過去のことだし、単によかったと錯覚してるのかなぁ。あのころの空は今よりずっと青かったと思う。夜空の星も今よりずっと多かったし。母さんは四十代中盤から後半の入口。スペイン語の勉強するんだってコミュニティーセンターに通ってたのもそのころ。母さんお気に入りのオレンジ色のワンピースがあったけど。今思うと母さん、若くてきれいだったわ」

「いいこと思いついた。カミラ、文章を書いてみたらどう？」

ユウイチが言った。

「文章？」

「この箱を利用して、幼少期のことを書くんだ。作家みたいに」

「作家？　これまで一度も作家になろうって思ったことないのに」

「僕も詩人になろうと思ったことは一度もなかったさ。ある日、寝て起きて、何か書くまでは。詩人も作家も、なりたいって気持ちだけでなれるわけじゃない。何かを書いた瞬間、なるんだ。初めて会った瞬間から、君は作家だと思ってた」

　ユウイチの話はこのようにいつも興味深かった。

「どうして？」

「一つ、自分のことをとても愛してる。孤独を楽しんでるだろ。だからレッドウッドのエネルギーに惹かれてあんなとこまで歩いていったんだ。内向的で月の影響下にある。二つ、自分のものを守るためなら、一番強いやつと争うのも厭わない。三つ、何より君には書くことがありすぎる」

「一つ目と二つ目はそうだとして、三つ目がどうしてあなたに分かるの？」

「これ見て分からない？　この箱。六箱もあるじゃん！　僕だったら家にあるのを掻き集めたって一箱にもならないよ。君の父さんはとんでもないものを君にプレゼントしてくれたのさ。これで僕らは何かステキなことができる。僕を信じて、僕の言う通りにすればいい」

　私はひとまずユウイチに言われた通りしてみることにした。彼に提案された方法は、次の通り。とりあえず毎日時間を決める。一時間くらいがベスト、三十分でもかまわない。毎日決まった時間に文章を書きはじめるのが一番大事（「忘れないで。何かを書いた瞬間、君は作家になるんだ」)。時間になったら、ノートと鉛筆を持って、箱の前に行く。目を閉じて、箱に手を入れ、何でも最初につかんだものを取り出す。それを机に上に置いて眺める。こんなのは生まれて初めて見るというように(「新生児に返って全てをやり直すんだ」)。まず、感覚を総動員し、表面を観察する。次に待つ。自分の内側から、幾重にもなる記憶の地層の底から、無意識の深い闇を貫き、マグマがうねるように、何かが浮かび上がってくるまで。

そのうちはっと、そのことがいつ、どこで、どうやって起こったのか、思いついたまさにその瞬間、ノートに文章を書きはじめる。文章を書くというよりは、書きとめるって思ったらいい。書きとめるのに、順序や論理みたいなのを気にする必要はない。一見、全然関係ないと思うことでも、思い浮かぶのは全部ノートに書きとめる。休まずずっと書きとめる。文法みたいなのは間違ってても問題ないし、陳腐な表現であってもかまわない(「質より量。あらゆる才能がそうであるように」)。ノルマは一日最低三ページ、まだ書きたければいくら書いてもいい。翌日の時間まで書きつづけてもいい。もし決められた時間に三ページ埋められなければ、その日のうちに時間を作ってまた机の前に座る。思う存分書いたという気になれば、ノートを閉じて、指定の場所に置く。一度書いたものは読み返さない（「言わば、熟成期間が必要なんだ」）。

そうやったら作家になると信じていたわけでは、もちろんない。だが、少なくともそうしたら箱の中のものが整理できそうな気はした。だからユウイチの勧めに従って、毎朝時間を作ってモノを一つずつ取り出し、それにまつわる記憶をノートに書きとめた。全てが一時期私のものだったのは確かだけれど、だからと言って、一つひとつに特別な思い出があるわけではなかった。どう考えても、到底いつごろのものなのか、思い出せないものも多かった。そんな場合であっても、思い浮かぶ記憶が一切ないというわけではなく、なんだかんだ毎朝規則的に幼少期と少女時代について、書きとめてゆくことはできた。そうしてノートには〝左右つながったミトン（一九九二年頃）〟〝鍵つきの日記帳（二〇〇〇年）〟〝偽キュービックがはめ込まれたスワロフスキー風の時計（一九九五年）〟〝四ドルのディズニーアニメ〈ライオンキング〉の映画チケット（一九九四年）〟〝サファリ・ビックファイブの木彫り人形セット（一九九八年頃）〟〝カミラ・ポートマンが登場する一連のビデオテープ（一九九一〜一九九四年）〟といったタイトルの文章がきちんきちんと書き記された。

毎朝起きて目を閉じ、今日は何が出てくるだろうと思いながら、箱に手を突っ込んでいるときは、自分の名が印刷された本をバーンズ・アンド・ノーブルの売り場で見ることになろうとは、想像だにしなかった。全行程を終えたあと、マック・ブックで入力し直したその原稿は、ユウイチの紹介で知り合ったサンフランシスコのエージェントに渡されたあと、もう何度か修正が入った。そのようにして少しずつモノに染みついていた生の痕跡を探るスタイルの自伝小説になった草稿は、二〇一〇年〝あまりに些細な記憶‥六箱分の養子人生〟というタイトルで出版された。二十代初めの若い女性が、他の物事と同様、自分の人生を極めて客観的かつドライな視線で叙述している点が批評家や記者らの目にとまったのか、様々なメディアで取り上げられ、おかげで初めての本としては悪くない売上だった。それだけでも奇跡的だったのに、本が出版されたあと、もっと驚くべきことが私を待っていた。ある日、エージェントから電話があり、ニューヨークのとある出版社が(「今、その名を挙げれば、あなたは心臓まひになるかもしれない!」)『あまりに些細な記憶』の文章のうち、「うまく言えないけれど、この世界は私たちが思っているほど悪くないと教えてくれる写真(一九八八年頃)」に注目していると告げられた。

箱からその写真を取り出したのは、文章を書きはじめてひと月ほど経ったときだった。最初はなぜ他人の写真が私の箱に入っているのか理解できなかった。だから写真を手にし、この人たちは誰だろう、眺めていると稲妻が走るような刹那、私の過去と現在と未来が一緒くたになり、目の前にはっと思い出されたのだ。その瞬間、私は自分の人生の真実を目撃したのだが、なにせ短い瞬間で、それが何か語るのは容易でなかった。私が作家なら、生涯かけても、その瞬間、私が目撃した真実を書きおえる日が訪れるとは思えなかった。なので、そのとき私が見たのをうまく説明できる自信はないけれど、これだけは間違いない。写真に写っている二人は母と私、母は私を心の底から愛していたし、今も私をやきもきしながら探している。言ったように、何も書けないから、いや、というか、それは生涯かけて書くべきものだから、『あまりに些細な記憶』のその写真の項目は、タイトルがついているだけ、説明なしで空白のまま出版されたのだった。

だから、出版社の編集者からエージェントに電話があり、空白を埋めるノンフィクションの提案があったと聞かされたとき、私はそれを運命の声だと思った。空のグラスは満たされるのを、歌は歌われるのを、手紙は届けられるのを渇望する。同様に、私は帰ろうと思う。本当の家へ。母のもとへ。

リンゴとも、あるいは紅燈とでも

十代になったばかりの少女時代、私はリッチモンドの二階にある自室のベッドに寝転がり、韓国の家へ帰ってゆく自分の姿を想像して楽しんだ。どこか別の場所にもう一つの家があるはずという想像は甘美だった。そのうち想像が過ぎて、そこに暮らす本物の私がリッチモンドの私を夢見ているのかもしれないという気がすることさえあった。としたら、カミラ・ポートマン、私は一体何者？　黒髪に二重まぶたじゃない両目。鏡の中の顔を見るたび、かわいそうなカミラさんは生まれたとき呪いにかかって黄色人種の仮面をかぶることになったのね、と私は思った。いつかこの魔法が解けたら、仮面じゃない本当の顔で本当の家へ戻るのだろう、と。

数年後、めまいがするほど甘美だったこの想像が、どこか変だと気がついた。それはリッチモンドの家では、黄色人種の仮面をかぶって暮らしながら、本当の家では本当の顔、つまり白色人種の顔で暮らしているというのと同じだった。本当の家は、韓国にあるに違いないのに。初めはつじつまが合わないという思いに少々やるせなくて笑いが出たし、のちに深刻になった。そう深刻化していく中で、私の思春期ははじまった。思春期じゅう、私はつぶやいていた。だったら、本当の顔って何？　本当の家はどこ？　そこに行けば本当の顔をして、本当の家で暮らしてる人がいるの？　だったら、私はこんなとこにいるんじゃなくて、そこに行かなきゃならないんじゃない？　そこ、韓国、養子記録に残っているカミラ・ポートマンの故郷、鎮南（チンナム）へ。

　そうしてついに訪れた鎮南で、私は顔ではなく表情に出会った。まるで一人が作り出しているかのように、一つひとつは違って見えるけれど、根本的には一つの表情。ある者は畝（うね）のような黒いしわが寄るほどまゆ毛を上げ、またある者は訊かれたことに答えず、発達障害児のように口を開けて笑った。ある女は唖（おし）にでも会ったかのように、ただ私の手を取り、もの悲しげな眼差しで見つめてきたし、別の男は私につらい過去でも思い出すのか、しかめ面でかぶりを振った。その表情たちはお互い矛盾していた。思いやりがあると同時によそよそしく、同情的でありながらも冷淡だった。それゆえ、その表情から私が読み取れるのは混乱ばかり。そこに意味はなかった。
　だけど、私は失望しなかった。というか、失望しないよう努めたというほうが正しい。その表情たちが「違う！」と私の言葉を否定して首を振るたび、私は彼らの意に反して、もっと根掘り葉掘り訊きたい衝動に駆られた。そういうときは深呼吸をし、思いを巡らせた。これは冷たい炎で熱い怒りを燃やす瞑想法だ。十代後半、ひどいアイデンティティの問題に悩み心理療法を受けだしたとき、総合病院に開設された講座を通じて、私はこの瞑想法を身につけた。深い瞑想状態に入ったとき、私は思春期じゅう自分の心臓を握りしめて離さなかった実母という存在には顔がないのに気がついた。ゆえに、私の懐かしさにも顔はなく、怒りにも顔はなかった。対象が消え去ると、懐かしさと怒りは、夢の出来事だったかのように散り散りになった。鏡の中には再び私の顔だけ残る。カミラ・ポートマン、黒髪に二重まぶたじゃない両目。こうして私の思春期は終わりを告げた。

　はなから校長はその花だけは絶対見せられないというふうに、校舎の裏山のほうへ私たちをつれていった。コンクリート階段をのぼりながら彼女は、鎮南女子高等学校は日本植民地期の開校以来、優秀な人材を数え切れぬほど輩出してきたと述べた。ルーツ探しのノンフィクションを書くことでニューヨークの出版社と契約を交わしたあと、養子児のための韓国政府の教育プログラムに申請書を出し、一年間ソウルに滞在しながら、延世（ヨンセ）大学の語学堂で韓国語六級課程まで履修したが、私は南部方言を聞き取る自信がなかった。

つてをたどった末、エリックの大学時代の友人というソ・ミンス教授に会うことができた。釜山の海洋大学で教鞭をとる彼は、健康管理がままならず、フグのように下腹がぽんと突き出た初老の男性、会ってみるとひどい人見知りだった。案の定、鎮南女子高で彼はたいして役に立たなかった。朝っぱらから急な階段をのぼって息切れし、校長の言葉をまともに私たちに訳す余力はなさそうに見えた。だが幸い、私はシン・ヘスクの言葉をほぼ聞き取れた。シン・ヘスク。女性校長の名だ。

校長は五十代前半で、ベージュの気品漂う正装に、水色のスカーフを首に巻いていた。外交使節を迎える部族の女族長のようだ。ときおり私のほうを一瞥（いちべつ）して、目が合うと彼女はぎこちなく笑った。そんなときは傷のように両頬にえくぼができた。そのえくぼの意味はこう。彼女にもまばゆい季節があったということ、だけどその季節はもう過ぎ去ってしまったこと。校長はソ教授が短く通訳を終えると、面罵（めんば）するように空咳をした。

「ちゃんと訳してくださってます？」

教授はこぶしを作った右手で咳をしながらうなずいた。

「とにかく、中でもいちばんの誇りは、生徒たちを良妻賢母に育てるため、学校が最善の努力を尽くしていることです」

ソ教授がその言葉を直訳した。

「優良な妻？　賢明な母？」

ユウイチが訊き返した。

「でたらめに聞こえるかしれませんが、誤解しないでください。優良な妻と賢明な母というのは、韓国じゃ立派な女性を表す慣用句ですから。昔は息子を出世させた両班（ヤンバン）家の母親をそんなふうに呼んでいました」

「でたらめじゃないですよ。だとしたらここは男たちの天国ってことですから」

ユウイチが言った。

一足先に階段をのぼりきった校長が、数段下で立ち止まってそんなやり取りをしているソ教授とユウイチに、早く上がってこいと手招きした。しばらくして、私たちも彼女同様、新学期が始まった学校の情景を立って見下ろした。赤レンガ建築と黄色い花の咲く花壇が遠くに見下ろせた。その風景の上へ、どこからか合唱の声が聞こえ、郷愁を刺激した。校舎を指しながら校長は再びどうでもよい情報を長々と羅列した。この学校の教育目標やソウル地域の四年制大学に進学した生徒数のようなもの。ソ教授は学校を見下ろしながら校長の言葉をだいたいで訳した。

校長は身を翻し、丘の上を指さしながら「あそこに烈女碑があります」と言った。私は〝烈女碑〟の意味が分からなかった。彼女の指の先には、小さな家が二軒建っていた。赤い柱に屋根瓦を頂いているので、私の目には二軒とも家のように映ったが、そのうち人が住めそうなのは後ろの建物だけに思えた。前の小さな家は、家というより牢獄のようだ。四面には壁代わりに木の桟（さん）が巡らされていた。校長が指さすその家をいくら見つめても、〝烈女碑〟の意味はてんで窺い知れなかった。

「この女性が今指さしてるのは何なんですか？」

ユウイチが尋ねた。

「たいしたものじゃありません。歴史的な人物をたたえる記念です。十六世紀に日本と戦争をしたことがあります。この地域は長いあいだ、日本に占領されていたんですが、そのとき、ある両班家の夫人が自ら命を絶つ出来事があったそうです。それを知った王が彼女を奇特に思い、あの碑を建てたと言います」

「碑というのはあの家のことですか？」

私が尋ねると、ソ教授が手を横に振った。

「じゃなくて、碑というのは誰かを永遠に記憶するために建てる石、つまり、石碑です。その夫人は日本の侍たちに貞操を蹂躙（じゅうりん）されぬよう、刀で自らの首を刺したあと、池に身を投げたのです。今も校門に上がってくる道の左にその池があるそうですよ。韓国ではそんな女性を〝烈女〟と呼びます。なんだか熱い女を意味するように聞こえますが、ではなくて夫のために貞操を守った夫人を称する言葉です。なので烈女碑と言えば、烈女を記憶する石碑という意味になりますかね。王が烈女碑を建ててくれるのは、その家だけじゃなくこの地域の名誉なんです」

「全然石碑には見えないんですけど？」

私が言った。

「石碑は隠れているから見えないんです。おっしゃっているあの小さな家の中をのぞいたら烈女碑は見れますよ。隠れた石碑がこの学校を動かしてると言ってもいいと思います。この学校の教育目標は女子生徒の純潔意識を鼓吹（こすい）することらしいですから」

「女子生徒の純潔意識？」

ユウイチが訊き返した。

「ええ、つまり卒業まで処女を守る、的なものというか」

ソ教授の言葉はとても残酷に聞こえた。学校が生徒の処女性まで取り締まるとは。同様に、一国の王が平凡な夫人の貞操観念を周知するため、石碑だか家だか、そんなのを建てるとは。私は貞操を守るため刺した喉から流れる細い血筋を想像した。微生物やバクテリア、水棲植物や淡水魚などが漂う黒い水中に、細い線のように赤い血が流れ出ながら徐々に拡がる光景を。じきに直面する死の恐怖を軽減するため脳内に分泌した化学物質の作用で、水中の女性は解放感に浸っていたはずだ。それは糸がほどけるように、あらゆる因習のしがらみから自由になるような感じだったろう。水草のように揺れる長い黒髪、徐々に光を失ってゆく二つの瞳、ついに水面に向かって上がってゆく最後の息の気泡……そうやって女性は死に、国家はその最後の血が、まるで初体験の血であったかのように喜びながら、烈女碑を建てる。

「で、あの石碑と私に何の関係が？　なぜ私をこんな残酷なところへ連れてきたんです？」

私の言葉に校長は驚きの表情だった。ソ教授が通訳していたから、彼女は私が韓国語を全くできないと思っていたようだ。

「残酷ですって？　ここは鎮南女子高生にとってプライドの場所です。烈女門の奥にある建物は星州李氏の魂をたたえる祠です。毎年星州李氏が池で溺れ死んだ日になると、祠の扉を開けるのです。全校生が列をなして参拝するんですよ」

「全校生徒は何名ですか？」

的外れな質問だったかのように、校長はとっさに顔をしかめた。が、表情はすぐ元通りになった。

「一一四三人です」

私は一一四三人の女子生徒たちが列をなして祠の前に進み、順におじぎする場面を想像した。都合一一四三人のおじぎ。首に穴が開いていたはずの、祠の中の烈女は、死後世界の地位にご満悦だろうか？　祠に着くと、校長は持ってきた鍵で緑色の木戸にかかっていた鍵を開けた。あたかも封印された地下世界の扉でも開けるように、用心深い動きだった。

私は彼女から少し離れ、後ろに下がった。祠と扉の向こうに、理想的なほど丸い二つの峰が見えた。樹齢のある栗の木が、屏風さながら二つの瓦家を取り囲んでいた。私は振り返り、下方の遠く、植民地期に建てられたという西洋式赤レンガ造りの本館を眺めた。二十五年前、ともすればあの建物を私のように見下ろしていたかもしれない、ある人の視線を真似て。実母がこの女子高に通っていたのが事実なら、間違いなく彼女も烈女の肖像に頭(こうべ)を垂れたろう。そんな感傷に浸っていると、校長と笑いながらしゃべっていたソ教授が「今、この人が何と言ってたかってね……」と言いながら、私に手招きした。

「この祠の中に、アンジェリーナ・ジョリーみたいな女性の顔が貼ってあっても驚かないでくださいね。肖像は最近復原したものですから」

「まさか！　最近っていつです？」

「一九八七年だそうです。アンジェリーナ・ジョリーは冗談ですが、とにかくこの祠の中に私たちが思っている古典的な美女の肖像画はありそうにないですね。画家は文献を参考に烈女の顔を描いたそうですが、どこまで似てることやら。もしかして一度も見たことない顔を想像したことありますか？」

　もちろん。数え切れぬほど。だが、私は口にしなかった。

「画家が一度も見たことない烈女の顔を描けたのは、セミのおかげらしいです。朝鮮時代の人はセミみたいな女性を美女だと思っていたそうで。アメリカとは随分美人の基準が違うでしょう？　実は子孫である我々の感覚ともかなり違っています。セミって。女性は一度ひっついたら離れず泣きつづけるからかな？」

ユウイチが大笑いした。その笑い声を聞くと、緊張続きだった私の顔も少々ゆるんだ。私は祠に向かって数歩進んだ。セミ女。なぜ自分の首を刺したのか？　もしかして貞操とは何も関係ない行動だったんじゃ？　そうしているあいだに、校長が祠の扉を開け放った。蒸し暑い夏の午後、冷凍庫を開けたときのように、私の立つところまで黒い冷気が流れてくる感じだった。私はまた少し後ろに下がった。つぼみが膨らんだような韓服のぽっちゃり姿が見えたが、顔は暗がりにあった。校長が近くまで来るよう言いながら手招きした。私はセミ女に向かって進んだ。祠の軒下へ入った。烈女の顔を眺めた。

顔。そのとき私はある顔を思い出した。私の心臓に刻まれた、刻印にも似た顔。エリックが送ってきた六つの箱から出てきた〝うまく言えないけれど、この世界は私たちが思っているほど悪くないと教えてくれる写真（一九八八年頃）〟に登場する顔。私の養子書類とともに保管されていたその写真には、小柄な東洋人女性がお包み（くる）に包まれた子を抱いた姿が写っている。最初は誰か別の人の写真が間違って入ったのだと思った。その東洋人女性と私のあいだに、何かつながりがあろうとは思えなかったのである。少しして私は、何も分からずカメラのレンズを指さすその子が私でありうると認めた。いや、その子は百パーセント私だった。だけど、私を抱っこするその女性が誰かは不明だった。

書類によれば、私は二ヶ所の委託家庭を経て、シアトルのある白人家庭の養子になった。幼くして私は一、二名の人や少数の物にばかり強い執着を示した。多くて三つくらい。二つのほうがよく、一つがベスト。ユウイチが私を内向的で月の影響下にあると言ったのは、根拠のあることだった。私を抱っこしてそんな写真を撮れる人はやはり三人までだった。実母と二人の委託母。つまり、その写真の女性が実母である確率は三十三・三パーセント。生まれてこのかた、私はただの一度も百パーセントの母を持ったことがなかった。だからと言って、三十三・三パーセントの母も慰めにはならない。母はどんなときも、百パーセントでなければならないからだ。でないと、いないも同然だ。写真には、いないも同然の三十三・三パーセントの母が百パーセントの私を抱っこして、何かの木の前に立っている。

木には赤いものがびっしりぶら下がっている。リンゴにも見えるし、また紅燈のようにも見えもする。写真に鼻を近づければ、かぐわしい果物の香りも嗅げそうだ。だったら、そこから母の匂いもするはずだ。三十三・三パーセントの母と百パーセントの娘が一緒にいたら、何パーセントの母子になるかしれない。いずれにせよ、決して百パーセントになることのない母子の足元には、花が落ちている。地面に落ちたあとも、完全な形で残る赤い花。私はその写真を幾度となくのぞき込んだ。その女性の顔だけでなく、服装、お包みの柄、木と花の形、背後の窓ガラスと壁の形状まで丹念に調べた。そうまでしても私は自分の記憶にない幼年期を取り戻したかったのである。

校長室のソファーに腰掛けたあと、この学校は開校以来、在校生から未婚の母を出したことが一度たりとてないという事実を強調するため、校長は私たちを烈女の前に連れていったことを知る。彼女は無表情で、鎮南女子高のみならず、この町のどの女子高でも、そんな不祥事が起こったことはないと断言した。私が生まれたのは〝不祥事〟に当たると、だいぶ前から予感していたけれど、いざ直にそう言われると困惑した。私は韓国に来てはじめて、養子記録にあった故郷が志操と忠節で名高い町だと知った。だとしたら、この本場の人々は確実に私を迎え入れてくれまい。

「カミラさんはきっと思い違いをしてるのです。どこでそんなことを聞いたのですか?」

「八年前、実の兄が私を探していると、韓国から連絡が来たことがありました。当時はこちらの事情で、養親がそのことを教えてくれなかったんです。四年前になって、その話を初めて聞かされました。亡くなる直前、養母は韓国から私宛の手紙が届いたことがあると言いました。手紙には実母が私を産んだ当時、十七歳の女子高生で、この鎮南女子高等学校に在学中だったと書かれていたそうです」

私がしゃべっているあいだ、校長は何度もかぶりを振った。

「カミラさんの言ってることはつじつまが合いません。この学校に在学中だった実の母が十七歳でカミラさんを産んだということですが、だったら手紙を出したその実の兄はいつ生まれたのでしょう？　もし十七歳より前に子供を産んでいたら、学則上、実母は即退学になっているはずです。常識的に未婚の母は学校に通えないのです」

私は彼女の言う常識について考えた。普通の人にとって過去は単一でなく複数ある。家族が覚えている幼少期と友人が覚えている幼少期と自分が覚えている幼少期はどれも違うだろう。それゆえ、彼らはその中からいちばんふさわしい過去を選びながら今の自分に至っているはずだ。つじつまが合う合わないを問うのは、そうやって選択できる過去が複数あるから可能なのではないか？　お金がなくて数日間飢えていた人にとっては、道に落ちている小銭一枚でもありがたい。同じように一つの過去すらない私にとっては、どんなにとんでもなく不合理で非理性的なことでも、ちっさな手掛かり一つひとつが大切なのだ。しがない事実一つを守るため、常識的な世界全体を相手にする瞬間もやってこようと私は分かっていた。

「故郷が鎮南だというのは養子記録にもある事実です。だとしたら配達ミスされた手紙の可能性はほぼなくなります。十六年前ここを去った子に、嘘の情報を与えるため、わざわざ手紙を出すいわれがありますか？」

「養子書類が間違ってたということもあるし、その人が誰か別の人と勘違いした可能性もあります。世の中ではいろんなことが起こります。そしてその大半はたいしたいわれもなく起こるんです。ひどいところですよ、私たちが生きるこの世の中は」

　校長は無情にもそう言った。私はその言葉にうんざりした。ユウイチのほうを見た。彼は校長に卒業アルバムを見せてもらえないかと頼んだ。鎮南に来る前から、もし学校側も実母に関する情報を持っていなければ、自分たちの手で当時の卒業アルバムに載っている生徒の顔と写真の中の顔を一つ一つ照合し、実母を見つけるという計画を立てていた。だけど、烈女の肖像を目にするや、果たしてそんなやり方で実母の顔を見分けられるのか、自信がなくなった。とにかく校長室から出たい一心だった。しかし、この部屋を出てしまうと、もう何をどうすればよいか分からない。

　校長は受話器を取り、誰かに一九八八年から一九九二年までの卒業アルバムを探して校長室に持ってくるよう指示した。しばらくして、パーマ頭に黒のスカートを穿いた、三十代と思しき女性が五冊の卒業アルバムを手に入ってきた。群青色と紫色のビロード表紙の上段に金箔で卒業年度、下段には花模様が印刷されていた。私はカバンから〝うまく言えないけれど、この世界は私たちが思っているほど悪くないと教えてくれる写真（一九八八年頃）〟を取り出した。すると、じっと私を見つめていた校長が短いため息をついた。

「そんな写真が残ってたのね」

私は顔を上げて彼女を見つめた。無表情に学校のことを話すときとは全く違う表情が、一瞬校長の顔をかすめた。狼狽しているようにも、弱った表情のようにも見えた。私が一瞥するや、にわかに見せたその表情は消え、再び冷淡な校長に戻る。私はユウイチと横並びに座り、卒業アルバムの中の卵形の枠に入った写真と、写真の中の顔を一つひとつ見比べた。四ページほど過ぎると、卒業アルバムの顔がみんな同じに見えだした。アルバムをめくればめくるほど、こんなやり方では実母を見つけ出せないことが明らかになっていった。ちょうどそのとき、「それでも」と言いながら、低い声が聞こえはじめた。それでも、その人がこの町で生まれたという養子記録の内容が正しいと言うなら、恐らくその人は埠頭の西側、自由輸出地区の工業団地の路地裏の自炊部屋で、あるいは人気（ひとけ）の少ない行き止まりの埠頭道路や公共運動場の裏で見捨てられた公衆便所、ともすれば悪臭が漂い、腐った水が流れるごみ捨て場か、ネズミや虫ばかり行き交うどぶの中で生まれたのだろう、という声が。私は再び顔を上げ、校長とソ教授の二人を見つめた。だが、二人は相変わらず無表情だった。私は耳にした言葉が、実際に誰かの口から発せられたのか、確信が持てなかった。

しかし、その瞬間、じりじり迫ってきていた絶望に私はすっぽり埋もれた。卒業アルバムの写真が奥に遠ざかり、トンネルに入ったように視野が狭まった。私はユウイチに、ちょっと席をはずすと言いながら立ち上がった。身体が揺れた。十代のころ、私は普段快闊さで偽装していた外見が一瞬だけ崩れ落ちる経験を何度かした。絶望とは、仮面を剥がされ、血だらけの素顔が露わになるのを鏡で見守るのと似ていた。恐怖の顔そのもの。その恐怖を忘れるため、方法と手段を選ばず逃避しようと、私は十代の大切な時間を浪費した。もっとも遠くまで逃げたあと、つまり薬物中毒になってはじめて、私はその素顔に直接向き合わなければ、恐怖と絶望から脱け出せないことを理解した。私がひどい顔で生まれてきたから母は私を捨てたんです。心理カウンセラーの前で、私が繰り返し言った言葉。いいえ、あなたはかわいいわ、とっても。心理カウンセラーはその都度私に言った。けれど、ユウイチに出会うまで、私はその言葉を信じられなかった。

　校長室を出て、廊下の先にある階段に向かって歩いた。両目から憐憫（れんびん）の涙があふれた。記載違いの書類だけを信じ、間違った場所に来て母親を見つけようとしていたのだ、という気がした。実兄という男の主張もやはり、配達ミスされた手紙の中の話に過ぎないと。私はここ、鎮南、長年私の生まれ故郷だと信じていた港町では絶対に生まれるはずのない極めて不祥な存在で、どこか別の場所、つまりソウルや釜山のように悪と不道徳が横行する大都市、あるいは韓国の別の場所、どこであれ、とにかくどこか別の場所で生まれたのだ。あるいは私という人間の存在自体がはなから間違いなのだと。だから、階段を下りきって、本館の前まで行き、たばこを出してくわえ、火をつけたあと、赤レンガに向かって振り返り、地面に落ちたその花を見るまでは。そのときはじめて私は卒業アルバムの表紙に描かれていた花が、写真の中の足元に落ちていた花と同じことに気がついた。そんなとるに足らない気づきを前に、何かの木が赤いものをびっしりつけて立っていた。リンゴとも、あるいは紅燈とでも呼ぶべき、赤いもの。花。ツバキ。

青い月が浮かぶ海の下
オーロラフィッシュ

まだ暗い街に淡白い雪片が落ちた。三月の雪は病気がちな転校生さながら第一印象が蒼白だ。うねる海が巨大なキャンバスにでもなったかのように、ホテルの客室の窓ガラスに白い点描画が描かれた。私は熱い緑茶をすすりながら、その雪を眺めた。春の大地は暖かく、雪片は地面に触れるなり溶け落ちた。水気が黒く染みた堤防道路の上を自動車がワイパーを動かしながらゆっくりと過ぎてゆく。「雪溶け道を車が通り」、思わずそんな言葉が口をつく。「ツバキは決まって赤い花を咲かせる」。まだ布団から出てこないユウイチを起こし、こんなのも詩になるのか訊きたかった。もちろん、常に前向きなユウイチは当然だと言うだろうけど。

ユウイチを起こす代わり、私はスタンドつきの小さな机に座り、水色のモレスキンノートに鉛筆で文章を書きはじめた。毎朝、目覚めてすぐノート三ページを文字で埋めること、これもユウイチから学んだことだった。「頭の中にあるものなら、何でもいいから全部書くんだ」と彼は言った。頭の中にはすぐ文章化できるものもあったが、到底表現しえない感情、恐ろしさや恥ずかしさ、あるいは漠然とした恐怖みたいなものもたくさんあったので、はじめはノートの余白が果てしなく感じられた。ただただ果てしないんだったら、それについて書くんだとユウイチは言った。

アドバイスをもらっても書くのは難しかったが、ある朝、まるで口がきけるようになった子供のように、私の手がノートの上を駆け巡った。ある瞬間、無意識な検閲の扉がぱっと開いたのである。それからは、何の感情や評価もなしに自分の気持ちを文章にできるようになった。心配もあったし、希望もあった。恥ずかしい文章も、自分すら欺く文章もあった。その全てを認めて書きとめた。やるべきことも、誓いも書きとめた。三ページを埋めたら腕が痛くなったが、放心したように心は軽くなった。今朝のノートには〝ただツバキだけが私の生物学的な母親を知っている〟と書かれていた。〝だけど、ツバキは口がないし、どうやってその言葉を聞くの？　だったらツバキの代わりにしゃべってくれる人を見つけなきゃ。〟

私が文章を書いているあいだ、雪は次第に弱まったかと思うと、ホテルのロビーでソ教授と会うころにはすっかりやんでいた。市役所はそんなに遠くないから歩いていこうとソ教授は言った。ホテル前に停まっている黒タクに乗ると、堤防道路を道なりに進み、沿岸旅客ターミナルがある埠頭に向かって左折したあと、市役所前のロータリーを経由する道を取るはずだが、歩けばホテル裏の中央市場を突っ切る狭くて急な小路を通れて早かった。鎮南に着いた初日、ユウイチと私はホテル裏から埠頭まで長く続くその市場を二度も見てまわった。ユウイチがホテルの食事より、現地の食べ物がいいと言ったからだ。路地裏の食堂は食事より飲酒向きらしい。どの食堂も酔っ払い客であふれていた。ユウイチは私の顔色を窺った。食事するにはうるさすぎるうえ、料理もハマグリ汁、アカエイ蒸し(チム)、豚雑炊(テジクッパプ)などだった。旅好きなユウイチは、見知らぬご当地グルメを大の楽しみとしていたが、私は彼ほど胃腸が強くなかった。

市場を二度見てまわったあと、私たちは〝鎮南海苔巻き(キムパプ)〟という屋号を掲げた店を選んだ。私は海苔巻きという食べ物をよく知っているつもりだったが、実際出てきたのを見ると、思っていたのと違った。あとで知ったのだが、イカ和え(ムチム)を添えたその小さな海苔巻きは全国的に有名なものだった。ちょうど夕食どきで、鎮南海苔巻き前の道路には、観光バスが次々停車しては観光客を降ろしていた。テーブルが十以上ある一階のホールに空席はなく、私たちは二階に上がった。二階にはオンドル部屋が三つあったが、従業員は私たちを一番左の部屋に案内した。靴を脱いで上がると、亀形の船が見えた。アメリカの友人たちに、私の故郷じゃ食堂でご飯を食べるならまず履物を脱がなければならず、海じゃ亀形の船に乗っていると言ったら、みんなどれほど驚くだろう？　なのに、鎮南が初めてに感じられないのは、そこに海があるためだった。

その瞬間、私は太平洋から百キロ以上離れて暮らしたことがほぼないことに気づく。養子に渡ってから暮らしたエバレットも、一時期滞在したシアトルも、今住んでいるオールバニも、みんな太平洋沿岸の町だ。あと鎮南も。だから私はいつもあんなに海が好きだったんだ。そんなふうに早くから自分の趣向が決められていたと思うと、鎮南も身近に感じられた。海苔巻きが出てくるまで部屋の中をきょろきょろしていたら、片隅に置かれた化粧台が目についた。そこにはスキンローション、エッセンス、クリーム、ファンデーション、パウダー、アイシャドー、ブラッシャー、マスカラ、リップスティック、アイライナー、アイブロウペンシルなどなど、実に様々な種類の化粧品があった。どうやら鎮南海苔巻きで働く若い女性従業員は、営業を終えたあと、この三つの部屋で眠っているらしい。

ソ教授のあとについて中央市場を横切っていると、整然と並んだその化粧品がふと頭に浮かんだ。太平洋のこっち側に暮らしつづけていたら、私も今ごろあんな海苔巻き屋でお盆に載った料理を運んでいた？　なら私もあんないろんな化粧品が必要になっていた？　想いに浸っていると、赤いタイル張りの建物に〝蓬莱屋〟というアクリル看板をぶら下げた古びた食堂を指さしながら、ソ教授が言った。

「あの食堂のアオノリ汁は有名です。帰る前に一度は必ずあの店のアオノリ汁を食べてみてください。鎮南の風土を知るよい経験になるでしょう。鎮南には〝憎い婿のアオノリ汁〟という民話があります。アオノリというのはこの地域でしか味わえない特産品ですが、髪の毛より細い緑藻類です。強火でぐつぐつ煮ても湯気が立たないから、ぱっと見生ぬるいスープなんです。義母が憎たらしい婿に食べさせようとアオノリ汁を作るのは正月です。そのころが旬ですから。婿は鎮南の北、頭輪山（トウリュン）の先の内陸生まれ、生来アオノリなんて一度も目にしたことない人だと思います。私はこの民話を聞くたびに、この婿がしでかした憎たらしいことが何なのか気になって仕方ありません。できるなら、民話の中に入って、義母に訊きたいくらいです。ですが、実際そんなことができて訊いたとしても、民話の義母は、婿殿の陰口なんか許さないよ、ととぼけることでしょう。これが鎮南人なんです」

「本心を明かさないということですか？」

私が尋ねた。

「ブラックボックス、と言いますか、腹黒くて中が見えないんです。ちょこっと観光して帰るよそ者の目に、ここの人は無邪気に映るでしょうが、みな内心、どれほど計算高いか知れません。やられたらきっちりやり返します。もちろん、悪いことに限ってですが。民話もそう。婿にされた憎たらしいことをきっちりお返しするって話ですよ。で、婿は何も知らずに熱いアオノリをぺろっと飲み込み、口の中がべろべろになるのです。だけど、義母は何食わぬ顔でそんな婿を慰めて、彼は自分の不運を嘆き苦しむ、というところまでが、この民話の本筋です。ですから鎮南で何か食べるときは充分冷まさないといけません。見た目は大丈夫そうでも、そのまま飲み込んだら大けがすることだってありえるんです。私の言ってること、分かりますか、カミラさん？」

私はうなずいた。つまり、彼は食べ物のことだけを言っているのではなかった。それは私が受け止めるべき真実についての話でもあったのだ。

鎮南は美港として有名で、観光客が多かった。利害関係にない限り、鎮南の人々はよそ者に好意を示すのに長けていた。私が市役所で会った社会福祉課の職員も、そうした鎮南人の一人だ。市役所で私は、一九八七年十二月八日生まれで、一九八八年五月二十三日に養子縁組機関に渡された女児に関する記録が残っているか調べるつもりだった。その男性職員はソ教授の説明を聞きながら、〝いやはや〟といったふうの感嘆詞を次々に吐き出した。出生当時の実母の年齢は十七、鎮南女子高に在学中だったと聞いていると私が言うと、彼の感嘆は頂点に達した。

「そうだったのならそうだったのでしょう」

それが彼の感想だった。彼は深く共感するようにうなずいた。どうしたことか、反復的なその言葉が、私の立場をよく説明しているように思えた。カミラはカミラだからカミラなんだとか、そうだったのならそうだったのだとか。はじめ、私はそのうなずきが共感によるものと思っていたが、気のせいだった。彼は役に立てることがないから、うなずきでもしていたのである。

「そのころは五共時代でした。全斗煥（チョンドゥファン）が大統領だったから、やりたい放題だったわけです。今思うとなんだか先史時代みたいですよ」

〝五共〟や〝全斗煥〟はもちろん、〝先史時代〟という単語が聞き慣れず、私はソ教授の説明を待った。この言葉の真意はこうだ。先史時代には誰も記録を残していない。

「ときどき似たような境遇の海外養子縁組のかたが来られますが、記録めいたものが見つかるケースは本当に稀なんです。これは当方の問題でなく、養子縁組団体の問題です。聞いたところによると、昔は養子縁組機関で児童洗濯してから送ったそうですね」

「児童洗濯？　養子に出す前、お風呂に入れてあげるのは普通じゃないんですか？」

ソ教授が尋ねた。

「児童洗濯と聞いてそう思うのは裕福な人生を送ってきたかたです」

「さほど裕福だったとは思いませんが……ではどういう意味ですかな？」

「偽の戸籍を作って養子に出すということです。父母がいたら貰い手も喜ばないことがあって、また孤児に比べて書類が多く、それだけ手続きも煩雑になりますから。それで両親ともに健在な子でも、孤児の戸籍を別途作って、飛行機に乗せていたそうです。もしそんなケースでしたら、書類があったとしてもそれを信じることはできません。だから私はこのかたの実母が十七歳だったというのも信じられないわけです」

「じゃあ、私の実母は何歳だったんですか？」

私が尋ねた。ソ教授とばかり話していた中、急に私に話しかけられたものだから、職員は相当驚きの表情だった。

「分かっていたら全部話してます。これでも市役所の職員ですよ」

彼は弁解するように言った。私が話を全部聞き取っていたと知って申し訳なく思ったか、態度を一変させた彼は、地元新聞社である鎮南毎日（チンナムメイル）の市役所出入り記者に電話をかけた。事情を手短に説明し、何か方法はないかと尋ねると、何か答える記者の声が受話器越しにしばらく聞こえた。電話を切り、彼は私たちにちょっと待つよう言い残して事務室を出た。まもなくして戻ってきた彼は、鎮南毎日に私の記事を出すことにしたと言い、担当記者の名刺をくれた。想定外の配慮に私は感動した。新聞社は市役所からさほど遠くなく、私たちは歩いてゆくことにした。

「正面玄関を下りて、まっすぐ右に行くだけです。徒歩で全部解決できるのが鎮南のよいところです。でも、もう市役所が鎮南造船の場所に移ると、こんな長所もなくなりますがね」

彼が言った。庁舎を出ると、雲は途切れ、空は晴れわたりつつあった。雪が舞ったあとの日差しは暖かかった。日差しが気持ちよく、まるで散歩している気分だった。

新聞社の会議室で十分以上待たされた末、市役所の職員と通話していた社会部の記者に会うことができた。彼は市役所職員と違い、冷やかな態度でソ教授の話を聞いたあと、私にこう尋ねた。

「韓国系アメリカ人の十人に一人は養子だと聞きますが、本当ですか？」

その質問に私はやや困惑した。それまで自分の社会的位置づけを統計的な数値で理解したことは一度もなかったからだ。

「養子がそんなに普通なんですか？」

「そう聞いています。自分がよくあるケースの一人だとしたら、あまり気分よくないでしょう？　あるいは自分だけじゃなくてよかった、とか？」

記者は適当なことを言った。

「よくも悪くもないでしょう」

ソ教授が言った。

「そうでしょうか？　では、いくつかお尋ねします。まずは写真から拝見しますね。百の言葉よりその一枚の写真のほうが多くを語ってくれるはずですから」

私は彼に写真を手渡した。記者は右手で写真を持ってじっと見つめた。

「この写真についてご存知のことをお話しいただけますか？」

「小さいころから私は自分の名がなぜカミラなのか気になってました。それで名前について調べたことがあるんです。私が今ここで、自分の名はフィリピンで宣教活動をしていたイエズス会員で生物学者のゲオルグ・ヨーゼフ・カメルに由来すると言ったら、びっくりですよね。私の名前はツバキを意味する英語のカメリアcamelliaから来ています。ツバキにこの名をつけたのは、有名な生物学者リンネだそうですね。彼はヒマラヤや極東地域で主に育つこのユニークな花の名前を何にしようか悩みながら、東洋で宣教活動をしていたカメルの名を思い出したんです。実際、カメル自身はこの花を見たことがないのに、です」

そのとき、記者が手帳を広げ、私の言うことをメモしはじめた。

「結果、カメルの名前がいかに無責任にツバキの名前になったか分かりました。私も同じだと思いました。ただ東洋人の子という理由で、養親が適当につけた名前だと。キャサリンでもシンディーでもないからカミラにでもしよう、みたいな感じで。なので十代のころは、誰かに名前を呼ばれるだけで苦痛でした。この名前は、自分が実の親にとって望まぬ子、養親にとっては偶然の子だったことを絶えず確認させてくれますからね。ですが三年前、一枚の写真を見つけてからは、そんな考えが変わりました。ええ、その写真です。ツバキの前で実母と撮った記念写真があったから、養母は私の名前をカミラにしたのでしょう。この写真は私の名前が偶然つけられたんじゃないと教えてくれます。それで〝うまく言えないけれど、この世界は私たちが思っているほど悪くないと教えてくれる写真（一九八八年頃）〟というタイトルで最初の本に収録したんです」

「どうして実母が鎮南女子高の在校生だったと思うのですか？」

「数年前、養母からそう聞かされたんです。亡くなる前、養母は私に告白があると言いました。聞くと、私が十七歳になった年、私の養子縁組を担当していたオクラホマのエイジェンシーを通じて、韓国にいる実の兄から手紙が届いたことがあると言うんです。私はハンマーで頭を殴られたようなショックを受けました。どうして？　どうしてそのとき言ってくれなかったの？　切実に、ベッドに横たわる母に訊きました。私の言葉に養母は涙するばかりでした」

「なぜ養母はそのことを隠してたのでしょう？」

「理由も聞かず、私は病院を飛び出しました。何より怒りを押さえきれなかったんです。燃え尽きてしまいそうでした。後日、養母から送られてきた手紙を読んで、私は理由を知りました。手紙で養母は許しを乞い、当時十七歳だった私がそれを知れば、すぐにでも韓国に帰ってしまうんじゃないか、怖くなったと言っていました」

「だからって、実の兄から手紙が届いたのを知らせないってこと、ありますかね？」

記者が私を見ながら尋ねた。彼は私の十七歳について何も知らないのだから幸せだ。

「恐らくそのことを知ったら、私はすぐさま韓国行きの飛行機に乗ってたでしょうね。実の兄が生きてるって知ったら。とにかく実の兄からの手紙に、実母は鎮南女子高等学校の在学生だったと書かれていたそうです」

「ですが、高校側はそんな生徒はいなかったと言ってるんでしょう？　あの人たちが違うと言っているのに、実母が鎮南女子高の生徒だったと書けないじゃないですか」

私は携帯電話を取り出し、彼に鎮南女子高の本館前にある花壇のツバキを撮った写真を見せた。フォルダには私が撮った風景もあり、ユウイチがツバキの前に立った私を撮った写真もあった。花壇は随分様変わりしていたが、本館のレンガと窓の形はそのままだった。もちろん、写真の中の私は見違えるほど大きくなっていた。

「分かりました。では、読者にもう少しアピールできる方法を一緒に探ってみることにしましょう。感情を刺激するのも一つのやり方だと思います。今、お母さんが目の前にいると想像したらどうでしょう？　言いたいことがあれば、おっしゃってみてください。お母さんは今年おいくつでしょう?」

「一九八七年に十七歳だったから、今年で四十二になりますかね」

「目の前に四十二歳のお母さんが座っているとしましょう」

私の向かい側、つまり、自分の右の空席を指さしながら、彼が言った。

「最近の四十二歳はそんなに老けてません。カミラさんともあまり変わらないでしょう。もともと早くに産んだ娘だし、みんな姉妹だと思うかもしれません。とても似ているでしょうから。そんなお母さんが目の前にいるとして、真っ先にどんな言葉をかけると思います?」

急に眼前の風景がゆがんだ。私はもう一度息を吸い込んでから言った。

「ママ」

私の声が波動を起こす光景を想像した。どこかに母が生きているなら、この波動はそこまで届くだろうか? 私の言葉が途切れると、記者は私に続けるよう目配せした。私は彼をもう一度見つめた。彼は自分の横の席を再度指さして、低い声で「ここにお母さんがいると思ってください」とささやいた。私はその空席を眺めた。

「ママ、あたし、韓国語勉強したの。まだ上手くないけど」

韓国語が上手じゃなくてよかった。言いたいことでなく、言えることだけ言えるから。

「あのとき、まだ小さかったから、小さすぎたから、あたし、全部忘れちゃったの。ママも。鎮南も。ごめん、ママ。忘れちゃったのよ。ママをすっかり忘れちゃったの」

再び言葉が途切れた。急にそこにいる母に自分の声は届くはずだと確信した。私は急いで言った。

「ママ、会いたい。顔、見たい。一度でいいから。きっと」

その声が広がりに広がって、この世界のどこかで私を想っているはずの母に必ず届くだろうから、母はじきに顔を見せにきてくれると私は思った。


その夜、私は二つの夢を見た。一つ目の夢で、私はずっと鎮南に暮らしていた。五歳か六歳くらい。私は誰かにおんぶされていた。カエルみたいに手足をぱっと広げ、自分をおんぶする人にしがみついていた。その人からはいい匂いがした。夢が始まったときは昼だったのに、いつしか辺りは暗くなっていた。頭上に星が浮かんでいた。ゆらゆらと歩いているあいだ、私も次第に上へ上へとあがっていった。まるで星のあいだに頭を突っ込んでいるよう。そうして上り坂にさしかかったかと思うと、峠越しに月が、それも冷たいほど真っ青な月が浮かんでいた。その真っ青な月に私の顔が映った。月に映る顔を見て、私は自分がピエロのように化粧していたのに気がついた。それでも、滑稽というよりはとてもきれいだと思った。自画自賛。私は世界一きれい。夢の中で私はひとりごちた。あの青い月より私のほうがきれいよ。私は空に向かって両腕を伸ばした。それは私の言葉じゃなく、母の言葉だとまもなく気づく。母の言葉。次の場面で、私はもっと幼く、もっと高いところに浮いていた。もはや言葉もしゃべれない乳幼児だった。長い腕が私をつかみ、高く持ちあげた。月よりも高く。星よりも高く。母の言葉から、長い腕が現れ、私を夜空の真ん中まで持ち上げた。

その夢の途中で目が覚めた。現実に戻ったついでにトイレに行った。青い月が不思議なほど鮮明に記憶に残っていた。月のことを考えながら、便器にもう少し座っていた。そして冷蔵庫から水を取り出して飲んだあと、またベッドに入った。ユウイチが一瞬目を覚まして私を抱きしめた。ユウイチの胸は暖かかった。もう一つの夢は、彼の懐の中で見た。夢の中で養母アンは生きていた。釣りに行こうと、アンと二人で釣竿を手に河へ向かった。歩きながらアンはカンボジア旅行のことを話していた。そこでどんなものを食べたか。ところがそこでは蛾、ゴキブリ、バッタのような昆虫を食べるとアンは言うのだ。私は嘘だと言った。アンは嘘じゃないと答えた。魚を捕りにいくのも、カンボジアで習った料理を私にふるまうためだと言った。どんな魚か尋ねると、アンはオーロラフィッシュだと言った。絶対なきゃいけないんだけど、今日は捕れるかしら。アンは心配した。カミラにもきっと食べさせてあげたいのに。アンの心配をよそに、河にはオーロラフィッシュがうようよしていた。

流れに逆らって泳ぐ魚の群れを見ていると、私の顔は火照り、胸ははずんだ。私の目から涙がぽろぽろとこぼれ落ちた。初めはその魚があまりに美しくて。次はその風景が極めて非現実的なせいで、ある瞬間、自分が今夢見ているのが自明になって。明晰夢だった。夢の中でアンの笑い顔を見ながら、私はアンが既に死んでいるのを知っていた。その魚の美しさを両目でしかと確認しつつも、オーロラフィッシュはこの世には、つまり、アンが死に私が生きているこの世には、存在しない魚だと知っていた。かといって悲しむには、夢の出来事は甘美すぎた。私は夢の端っこに辛うじてしがみついた。そうして徐々に夜が明けた。

平和と似た言葉、つまり苦しみの言葉

翌日、鎮南毎日(チンナムメイル)十二面の人紹介欄に、私の記事が載った。二時間を越すインタビューを思うと、しみったれたほど短い記事だった。記事には〝一九八七年、鎮南生まれ、翌年アメリカ・ワシントン州のある白人家庭に養子に出されたアメリカ人作家カミラ・ポートマンが実母を探し、鎮南市役所の社会福祉課を訪問〞〝実母は当時鎮南女子高に在籍中の生徒〞となっていた。記事は短すぎて残念だったが、鎮南女子高の本館前で実母と撮った例の写真は大きく出ていた。

写真の左右には、中央(チュンアン)市場の親睦会である尚志会が、代表的な貧困地域(タルドンネ)の南山洞(ナムサンドン)で一人暮らしの老人を訪ね、米を届けて路地を掃除、といった美談や、某有限会社社長と職種を明かさない自営業者兄弟の父であり、地方国立大教授の義父でもある何某(なにがし)の死を知らせる訃報などが載っていた。まだ年でもない人々と完全に年老いた人々、まだ死んでいない人々と完全に死んだ人々、そのあいだに生まれて間もない私とわずか十八歳の母がいた。その下には家を売るとか金を貸すとわめく広告が整然と並んでいた。

「金貸してやるって貸し金業やいい土地紹介しますって不動産屋と同じで、実母を探す養子児ってのも陳腐極まりないわ。貸し金業者なら誰からでもちゃっかり利子を取るでしょう？　同じく養子児は実母に会う場面で涙するわけで。やっぱり陳腐。私は別のやり方でやりたい」

新聞を置きながら、私が言った。

「別のやり方？　どんな？」

ユウイチが訊いた。

「で、い、い、できる貸し金業者みたいに振る舞うの。これまでのびのびになった利子は全部取り返さなきゃ」

「のびのびになった利子？」

「愛が当然受け取るべき元金だとしたら、利子は愛を取り巻くものよ。笑い声、子守唄、体の匂い、よしよし、口づけみたいなもの。じゃなきゃ不動産屋みたいに、ようこそお越しくださいました、って私がどんなにいい娘か、紹介もできるわ。陰鬱（いんうつ）な過去の記憶がまだ残ってるけど、そんなの夏の通り雨みたいなものだし、今はかなり評判いいから、逃したら後悔するわよって忠告するの」

「不動産屋と一緒でインチキくさいなぁ」

「なんですって？　もう一度言ってごらん」

　私はベッドに寝そべるユウイチに向かって駆けだした。そのときもまだ、もう鎮南女子高の本館前で撮った写真が新聞に載ったのだし、もうすぐ母に会えるだろうと思っていた。だが、夜遅くになっても、貸し金業者のやり方であれ、不動産屋のやり方であれ、誰かを歓迎する機会はやってこなかった。ドアのノックに出てみると、私に似た中年女性が涙を拭いながら立っていたり、電話がかかってきて受話器の向こうから「ごめん。本当にごめんね」と自責の声が聞こえてくることもなかった。記事の最後には、写真の人物やカミラ・ポートマンについて知っている人が連絡できるよう、市役所の社会福祉課の電話番号が書かれていた。その番号に電話しても、誰も出なかった。カレンダーを見ると土曜だった。がっかりしたが、ユウイチにそんなそぶりは見せなかった。

ソ教授は授業準備のため、翌日釜山へ戻らなければならなかった。別れる前に食事くらいごちそうしたくて、私たちは人でごった返す埠頭沿いの刺身屋通りへ出かけた。できたばかりの小ぎれいな食堂がたくさんあるのに、ソ教授とユウイチは敢えて一階建ての古い刺身屋に向かった。食事をしながら、ソ教授は養父のエリックとどうやって親交を深めたのか説明したが、それは思いのほか長い話だった。

「私は釜山の影島（ヨンド）生まれなんです。一九八〇年代の釜山は履物産業で大変有名でした。当時は世界的なスニーカーブーム、履物メーカーの注文量が幾何学的に増加してましたが、そのほとんどが釜山の工場による受注でした。なので雨後の筍（たけのこ）みたいにできた履物工場が一時期五百ヶ所以上ありました。お二人は中国やベトナム製のスニーカーを履いてるでしょうけど、八〇年代までは、ナイキ、アディダス、リーボックといった有名メーカーのスニーカーを履いていたら、それは釜山製を履いているという意味でした」

なぜいきなりスニーカーなのかと思ったら、理由は別のところにあった。ソ教授の話はメーカー業者に納品する皮を作る工場で半生働いていた母へと移っていった。

「皮というのは、靴底を除いた上の部分と思ってくれたらいいです。母は出勤から帰宅まで、ミシンの前に座って、皮作りをしてました。当時の基準で見ると、一日最低十二時間、ミシンを回していたということです。トイレ休憩もない殺人的な職場環境でした。ですが、そのころは労働組合もなかったし、そうやって働くのが当たり前な雰囲気で、不満もほとんどなかったのです。私が小学校卒業のころ、母はその職に就いて、十八年間休みませんでした。想像できますか？　十八年間、毎日十二時間」

「とんでもないですね」

ユウイチが言った。

「とんでもないですよ。おかげさまで私は優等生としてよい学校生活を送ることができました」

と言うと、ソ教授は苦々しい表情で、ヒラメの刺身を一切れつまんだ。

「よい生活と言っても、それは今考えたら、あのころがいちばん気楽だったという意味です。正直、母子家庭の三兄妹（きょうだい）の長男として生きるののどこが楽ですか。小学五年のとき、父がバイク事故で亡くなると同時に、綿をリアカーに載せてゆく寓話のロバみたいに試練の河にぼちゃんと落ちて、あとはしこたま水を吸った綿てんこ盛りのリアカーを引き、砂利道を歩くいばらの人生が待っていました。勉強より商才があったらよかったのに、できるのは勉強しかなかったんです。おかげで弟と妹はいち早く大学進学をあきらめてくれましてね。家族の全期待が私の肩にのしかかりましたが、私にその荷は重すぎました。それである日、アメリカに留学しようと決意したんです」

「家族から逃げるためですか？」

私が訊いた。

「その気持ち半分、そうでないと強く否認する気持ち半分でしたが、私は後者を信じました。弟たちの反応は当然冷やかなものでした。カミラさんみたいに、私が自分たちを捨ててアメリカに逃げると思ったわけですから。私はそうじゃないと言いました。私の頭の中は成功の二文字だけだ。成功して、金の心配なしに、月並みに生きたいだけだと。そのためのアメリカ留学なんだと。何度も説明しましたが、弟たちは信じません。私の本心を信じてくれない弟たちが次第に薄情に思えました。かと思うと、弟が私に言うんです。本心？　兄貴の本心って何？　私は答えました。成功して我が家が金の心配をせずに暮らし、母さんも工場をやめる、それが俺の本心だ。だけど、そうでしょうか？　本当にそれが私の本心だったのでしょうか？　今となっては誰も分かりません。過去のことですから。本心だったと思うしかありません」

「結局、弟さんたちの反対を押し切って留学されたんですね。エリックに会ったってことは」

ソ教授はうなずいた。弟とは違い、母は最後まで彼の選択を後押しした。夫が急に死んだあと、その日暮らしにあくせくし、今や耳元に白いものが混じっているとも知らずにいた彼女は、学費なんか気にするな、と、背中に翼をつけてやるから、気が済むまで風呂敷を広げてみろ、と豪語したそうだ。留学生活は『English 9000』や『Vocabulary 22000』といった教材に下線を引きながら、想像の数千倍はつらかった。母子家庭の長男としての人生と、母子家庭の長男である留学生としての人生のどちらがつらいかは、火を見るより明らかだ。人生に自分の逃げ場はどこにもないと分かっていくにつれ、彼は無気力になった。判断ミスは苦労を産み、苦労は疲労へと続いた。学業を継続できない境遇に陥っても、彼が中途で留学をやめなかった理由はただ一つ、極度の疲労のためだった。何もかも諦めて韓国に戻ろうと決意すること自体、彼にとってまた別のやるべきことの始まりだったのだ。

ゆえに最初の一年間、彼が故国に出した国際郵便の封筒の中身は、愚痴や悲観や泣訴の文章ばかりだった。周りと言葉が通じないのでなおさら寂しいと、加えて家計が苦しいと知っていながら、ありえない留学など夢見ていたなんて万死に値するとも書き、もう少し金があったらあと一時間は勉強できるのが現実だとも書いた。釜山で長男からの手紙を待ち焦がれていた母の胸に、その一文字一文字はとげのように鋭く突き刺さった。一、二本ならいざ知らず、そんなとげが数百本ずつ突き刺さってくるのに耐える道理はなかった。初めから皮なんかを作るミシンでつけてやれる翼などなかったことが明らかになっていった。それでも彼の母は最後まで認めなかった。彼が頭から地面に墜落するのは時間の問題だった。

「私は人生の不幸が一人ぼっちなのを見たことがありません。不幸は十代の不良みたいに、いつだって大勢で押し寄せてくるんです。八七年の六月以降、社会が民主化されてゆく中で、労働環境は大きく改善されました。これは母にとってよいことだったはずなのに、違いました。中国やベトナムに比べ、釜山の人件費が大幅に上昇したせいで、ＯＥＭ方式で履物を作っていた工場は、一つ二つと閉鎖されはじめたのです。母の工場もでした。母は閉鎖された工場の門前で、不当解雇と給与滞納を挙げて戦いました。女性労働者として、労務法人として、福祉公団として……運動歌謡を歌い、戦闘警察と対峙もし、四肢を捕まれながら、涙も流しました。そんなある日、母は弟に、つらい、と、つらくて耐えられないと言ったそうです。そして私に会いたいと言ったあと、亡くなったのです。その日も、私は愚痴や悲観や泣訴の文章であふれる国際郵便を書いていました」

以後一年間、彼は際限なく墜落しはじめた。光さえ見えない闇夜のどん底よりも暗いところで、全身、身もだえしていた。そこでは自分への嫌悪も、人生への憤りもありえなかった。ただお先が真っ暗。生きる術（すべ）を一瞬にして失った人のように、これからどうやって生きていけばいいのか、という言葉が口についてまわる不法滞在者に成り下がったのである。そうしてクリーニング屋で終日アイロンがけをしながら、その日暮らしをしていた彼は、ある日、新聞を読んでいると、一九九〇年五月二十七日、韓国を出航し、ロサンゼルスに向かっていた貨物船、ハンサ・キャリア号が暴風雨に見舞われ、その際、きちんとつないでいなかったコンテナが五個、海に流失という記事を見つけた。コンテナの中身は、七万八九三二足のナイキのスニーカーだった。それから八ヶ月後の九一年一月、東に二千マイル離れたバンクーバー島の海岸で、ナイキのスニーカーが見つかりだした。冬じゅう、北風に乗って、北部のクィーンシャーロット諸島まで移動したスニーカーは、春になると向きを変え、オレゴン海岸まで南下したのだが、そこはナイキ本社からわずか数マイルしか離れてない場所だった。記事はスニーカーが必要なら、ナイキ売り場を訪ねる前に、浜辺を散歩するのがよかろうというおちゃらけたインタビューで終わっていた。そのインタビューを受けた人が……

「エリックだったのね」

私が言った。エリックは太平洋に浮かぶ漂流物を通じて、海流の移動経路を記録するデータベースを長年構築していた。その仕事のため、彼はアメリカ西海岸を中心に活動するビーチコーマーの集まりに定期的に参加し、ニューズレターもこつこつと発行していた。〝浜辺で物を拾ってまわる人〟を意味する〝ビーチコーマーbeachcomber〟という分かりやすいタイトルの、八ページ分量のニューズレターは、浜辺を歩きまわりながら、宝石のように輝くガラス、浴室用の人形、ビーチサンダルなんかを拾ってまわるのを宗教的な巡礼の境地にまで引き上げた変わり者らの投書で満載だった。肺がん四期の宣告を下されたが、ビーチコーマーになったあと、がんを克服しただとか、配偶者の不倫がもとで離婚したあと、数回の自殺未遂の末、浜辺に打ちあげられた漂流物を収集しながら、生きる希望を取り戻したといった、ひと言では信じがたい話だった。

「そうです。カミラさんの養父エリック・ポートマンだったのです。方々（ほうぼう）をあたった末、彼に会い、スニーカーの移動経路は正確に予測可能か訊きました。そのときの私の身なりは、話にならなかったのでしょう。エリックはいぶかしげに私を見つめるばかりで返事がありません。なので、もう一度訊きました。海を支配するのは風だけども、風に一定の方向性があるはずはない。なのに、どうやったら海に浮かぶものが数ヶ月後どこにあるか分かるのか？　するとエリックは自信満々な顔で、自分には念力があって、どんなものでも足元におびき寄せられると言うのです」

「本当にそう言ったんですか？」

私が尋ねた。

「養父のことをご存知ないんですか？　エリックの言葉の半分は冗談でした」

「最近は年を取ったせいか、昔みたくはありません」

「とにかく、私の姿を見て、薄汚い韓国人青年がビーチコーマーにありがちな事業構想――つまり、漂流物を拾って観光客たちに売ること――の話をしていると思ったエリックは、私をスティーブ・マックレアードのもとへやりました。この人はオレゴンのバカンス村、キャノン・ビーチに暮らす絵描きですが、ヒンドゥー教のグルスタイルの装いに、山羊ひげをしていました。スティーブはオレゴン海岸でビーチコーマーたちが見つけたナイキのスニーカーを買い取って再加工し、観光客に売っていたのです。私が訪ねていったとき、彼の仕事場には実に三百足以上のスニーカーが保管されていました。ナイキのスニーカーはどれもシリアル番号があり、一足ごとに製造した場所と時間が分かります。私はスティーブの仕事場に保管されていたスニーカーのシリアル番号を一つひとつ確認しました。ほとんどが母が私の肩に翼をつけてやると豪語していた時期に作られたものでした。そのころまだ母は健在で、私は夢に胸を膨らませていました。私はその靴を抱きしめて涙しました。そしてその夏、私はオレゴン海岸を巡礼しながら、スニーカーを探してまわりましたが、このことに救われました。ひょっとしてその夏じゅう、私が探しまわったのは、スニーカーじゃなくて、過ぎ去りし夢の残骸だったのかもしれませんが」

ソ教授は言った。私はその表現が気に入った。母と共有した過ぎ去りし夢の残骸。つまり、私が一度も手にできなかったもの。

昼食どきになり、私は市役所の社会福祉課に電話をかけた。相変わらず出る人はいなかった。名刺を探し、新聞社に電話しても同じだった。そのときはじめて日曜だと気がついた。急に暇になり、遅い昼食を取ったあと、私たちはホテルのインフォメーションデスクで車を一台借りた。今日はどうせ連絡する人がいないから、鎮南の西地区を回ってみようとユウイチに提案したのである。あえて西地区の理由は？　ユウイチに訊かれた。鎮南の西側は、何も感慨を抱かずに夕陽を眺められる場所だから。つまり、ずっと向こうへ行ったら、自分の生まれ故郷などと考えず、両親の暮らしている場所があるかもという漠然とした期待もせず、ただ夕陽を眺めるのがどんな感じか知りたくて。けれど、私は理由を言わなかった。

私たちは車に乗り、信号と交差点と集落を過ぎ、西へ走りつづけた。夕焼けを見つけに出かけた子供たちのように。いよいよ夕陽を見た瞬間、感傷的になった。ここまで来たならもう充分じゃないか。私にも母と共有した夢があるなら、それでその夢の残骸が海を漂っているなら、私も世界じゅうの全海岸を喜んで巡礼するのに。西の空が暮れてしまわないうちに、ユウイチは再び車を鎮南へと向けた。帰り道は、お出かけしていた車で渋滞していた。私は室内灯をつけ、常時持ち歩いていた韓国語の辞書を広げた。その〝母〟の項目にはこんな語釈があった。

一、自分を産んだ女性。母親。
二、自分の〝養母〟〝義母〟を言う言葉。
三、〝子供を持つ女性〟に対して用いる言葉。
四、〝物事を生み出す根本〟を比喩して言う言葉。

「これだけじゃ足りなくない？　私たちでもっと作ってみようよ」

私が言った。

「自分より先に生まれた女性」

前を見ながらユウイチが言った。

「適当ね。だったらこれまで生きてきた女性が全部母になるじゃない」

「じゃないかな？　母じゃない女性はいないからね」

「私が言ってるのは自分の母親ってことよ」

「自分にとって一人だけの女性」

「やっぱりいいかげん。じゃあ私はあなたにとって何？　あなたにとってたった一人の女性なら、私もあなたの母になるじゃない。祖母も一人娘も、一人だけの孫娘も一緒」

「僕にとって母ってのは、そんな多彩な意味を持った単語じゃなくてさ。家でアップルパイを作ってくれる唯一の人？　君は？　君だったらどう説明する？」

今度はユウイチが尋ねた。

「よし、とりあえず簡単なとこから始めるね。私を愛した女性」

「そりゃ女性だから可能な定義さ」

「前に〝いちばん最初に〟って言葉を入れたら男性にも当てはまるわ」

「悪くない。他には？」

「二つ目の定義を見つけたいなら、変わった辞書、とってもとってもぶ厚い辞書を考えなきゃ」

　私が言った。

「私が言ってる辞書って、普通の辞書と違いはなくて、この世界に存在する全ての単語が収録してあるの。違いがあるとしたら、アルファベット順じゃなくて、よく使う順に見出し語が配列してある点かしら。あるいは子供が生まれてから学ぶ順って言ってもいいわ。だから、辞書をめくったら、いちばん簡単で見慣れた単語から出てくるの。いちばん最初がI（アイ）、次にmom。子供はまだ自意識がないから、これは逆でもいい。mom、Iの順。どっちにしても、この二つの単語をつなぐ動詞はloveじゃなきゃだめね。そしたら文法に合うわ。この単語たちは私が考える辞書の最初のページに載ってるの。だったら〝Olive ridley sea turtle オリーブヒメウミガメ〟みたいなのは何ページ目くらいかしら？　とってもとってもぶ厚い辞書だから、三万三九八五ページ目くらい？　そんな辞書なら、最初のページに載ってる単語は、もっとも使用頻度が高いから、ほぼ毎日使うでしょ。Iやloveやmomみたいなのって。ゆえに、〝母〟の二つ目の定義は〝毎日一度は思い浮かべる女性〟よ」

「僕は母親より君をよく思い浮べるよ」

「生涯合算したら、母親のほうがずっと多いでしょ。毎日じゃなくてもいい。私たちが母という単語をよく思い浮かべて、よく使ってるってことが大事なの。そして最後の語釈は〝ある人にとっては平和にも似た言葉〟」

「母が平和？　ちょっと普通だね」

「普通じゃないわ。例えば、アフガニスタンやレバノンの子供たちにとって、平和って単語には独特な響きがあるんじゃないかしら。私は母という言葉を聞くと、そこの子たちが平和って言われたとき感じるのと同じふうに感じる。戦場は平和がないでしょ。だから、平和って単語は一度も経験できなかったことを指す言葉。その子たちにとって無意味な単語。私にとって母はきっとそう。私には無意味な単語に過ぎないの」

フロントでキーを受け取ると、ホテルの従業員が、一時間ほど私を待っている人がいる、と後ろを指さした。振り返ると、ショートヘアにピンクのコートを上手に着こなした中年女性が私たちのほうへ歩み寄りつつあった。彼女は私を見るなり、いきなりぞんざいな口調で話しかけてきた。

「遠目からでもすぐに分かったわ。ジウンそっくりね」

「どちら様でしょうか？」

「そんなに構えなくてもいいわ。お近づきの印に親しみを込めたのに。初対面なのに失礼が過ぎたかしら？　ご挨拶が遅れました。私はキム・ミオクと申します。鎮南社会運動連合で事務局長をしております。カミラ・ポートマンさん、ですよね？　鎮南毎日のヤン記者からお話は伺いましたわ。お上品でかわいいお嬢さんだこと」

彼女は私に名刺を差し出した。そこには子供たちが手をつなぎ、緑色の地球の周りを取り囲む、社会団体やＮＧＯにありがちな形のロゴが印刷されていた。

「ジ、ウ、ン、に似てるって、どういう意味ですか？　私が作家（ジ、ウ、ニ）み、た、いだってことですか？」

キムは大笑いした。

「まあまあ。カミラさんはもうちょっと韓国語を勉強しなきゃね。私が言っているジウン似ってそのジウニじゃなくて、女性の名前。チョン・ジウン！　つまり、あなたのお母さん」

　ママ。母。実母。つまり、ジウンとは私を産んだ人、いちばん最初に私を愛した女性、私にとって無意味な単語に過ぎなかった存在。その事実を知った瞬間、百階建て以上の、いやそれよりはるかに高い、バベルの塔のように、ひたすら高いばかりの場所、なので酸素さえ薄まった場所まで昇った気がした。気持ちがその高みに至るや、何もかもが非現実的になった。横に立つユウイチでさえ見知らぬ人に感じられるほど。

「私はあなたのお母さんとは中学時代から同じ学校だったの。あなたの外祖父（おじいさん）とうちの父は会社の親しい同僚だったんです。もう二人とも亡くなってしまいましたけど」

　母親という単語に飽き足らず、外祖父という言葉まで聞くことになり、急に吐き気を催した。気持ちのよい吐き気だった。私は明るく笑いながら、横にいるユウイチの手を握った。

「何て言ってんの？」

　ユウイチが尋ねた。

「この女性は中学時代から私の実母の知り合いなの。実母の名前はチョン・ジウンだって。父親同士、会社の同僚だったって。ママは単なる想像の人物じゃなくて、実際に生きている人だったのよ。やっと会えるのよ、ママに！」

「ちょっと落ち着くんだ、カミラ。ここの人たち、変なんだよ。ソ教授も言ってたじゃないか。アオノリ汁。この女性の話も素直に信じちゃダメだ。だろ？　とにかくまずは実母が鎮南女子高に通っていたのは事実か訊いてみろよ」

私はうなずき、キムを見つめた。彼女は私たち二人を順に見つめた。

「今、こちらの男性は、私を信じるなって言ったの？」

私は彼女が指さすままに、ユウイチをもう一度見つめた。言葉の分からないユウイチは、黙って彼女の指を眺めていた。

「その前に気になってることから訊いてみろって言ったんです」

私が答えた。するとキムは腕組みして言った。

「いいわよ。気になることがあればいくらでも訊いて」

「私の実母は鎮南女子高に通っていたんですか？」

彼女はうなずいた。

「鎮南女子高じゃそんな女子生徒がいた事実はないと言ってましたけど？」

「誰がそんなことを？」

キムは傲慢に思えるほど冷たく、そう私に投げかけた。

「校長先生です」

「シン・ヘスク？　あの女なら、そう言うしか。そうするしかないわ」

「なぜそうするしかないんです？」

そうするしかなくて、アメリカから母親探しにきた私に烈女の肖像なんかを見せた？

「なぜそうするしかないかは、あの女に直接聞いてみるといいわ。どういういきさつでカミラさんがアメリカに出されることになったか、あの女はよく知ってるし、詳しく説明してくれるでしょう。ヤン記者の話じゃ、誰もそのことをカミラさんに言ってないみたいだったから、私が来たんです。もう一回あの女に聞いてごらんなさい。本当にチョン・ジウンを知らないのかって」

「実母の写真まで見せましたが、知らないと言われました。卒業アルバムを全部めくったのに、そこにも出てきませんでしたし」

「卒業できなかったから、アルバムには出てこないでしょう。どうしても私の言うことが信じられないなら、シン・ヘスクに電話して、図書室にある図書部の文集を見せろって言ってみるといいわ。そしたら、あの女は狼狽しながら、ダメだって言うはずよ。それはあの女がジウンのことを知らないはずがないという証拠。カミラさんも私が正しいと認めるしかなくなるわ。その文集、『海と蝶』を見つけるの。そこにジウンの写真もあるし、あの子が書いた詩もあるはずだから」

「ところで、どうして母は卒業できなかったんですか？　未婚の母として私を産んだから？」

　母に会えるという期待に胸を膨らませ、高みに浮いていた私の気持ちは、だが、次の一言によって真っ逆さまに落ちたのである。

「死んだからよ」

　頭の中の思考回路がもつれながらスパークを起こし、瞬時に暗転した。

「いつ？」

「もう随分前。八八年の六月、あなたが生まれた翌年よ」

　キム・ミオクが言った。そこには何の躊躇（ちゅうちょ）もためらいもなかった。

波浪の中に浸かった図書室

学校に電話すると、鎮南(チンナム)女子高のシン校長は、職員会議の結果、もう私とはいかなる対話もしないことになったと告げてきた。何というか、敵国とのあいだに置かれたホットラインを通じて、協議は永久決裂だと伝えながら、宣戦布告する声に聞こえた。一方的な通告だから、もうこの電話も切れそうね。戦闘場面一つなしに、無理やり話を引っ張る不条理な戦争映画を見ている気分。それでも私は明るい声で理由を訊いた。すると、シン・ヘスクは、ははは、と笑う真似をした。時間稼ぎなのに意味深な、にもかかわらずその細かな意味など一つも気にならない、そんな笑い声だった。私は彼女が笑いおわるのを待った。笑いながらそのまま電話を切るんじゃや？　焦りも感じたが、シンはゆっくりと、土曜日付けの鎮南毎日(チンナムメイル)に載った写真はしかと鑑賞したと言った。

「どうしてカミラさんは私の言うことを素直に聞き入れないのか、私からするといぶかしいくらいです。なぜ私がカミラさんにあの写真の女性は鎮南女子高にいたことがないと繰り返したのか、ちゃんと斟酌（しんしゃく）してくれたらありがたかったんですけど。深い思いやりに基づく行為なんですよ。なのにカミラさんは、私の話を信じず、学校から出たその足で新聞社に駆け込んだのでしょう。そのくせ、私に電話してきて、手伝ってと言うのはなぜ？　この期に及んで私に何のお手伝いができるのでしょう？」

「先生のおっしゃることを信じなかったんじゃありません。ただ先生にも知らないことがありうると思ったんです」

「私たちに知らないことがありそうですか？」

その言葉に鳥肌が立った。

「じゃあ、全部知っていながら、知らんぷりしてたってことですか？」

私が尋ねた。

「全部ってことは、私が何を知っているかもカミラさんはご存知のようね。言ってごらんなさい。私が知っていながら、知らないふりしたのは何か」

「母が鎮南女子高に通っていたこと。あと、私を産んだあと死んだということ。全部ご存知だったじゃないですか。あの日、校長室から出て、本館の前に立ったとき、私はある光景を目にしました。ツバキが咲いた、本館前の花壇。私にとってものすごく見慣れた、たぶん数百回以上見てきた風景です。先生がいくら違うと言っても、その風景ばかりは変えられません」

「そうかしら？」

受話器の向こうでシンが言った。

「まぁいいわ。新聞にインタビューが載った以上、誰かがカミラさんにその話をすると思っていました。もう誰の手にも負えないんです。全てはカミラさんの招いたこと。私にもこれ以上手伝いようがありません」

「いいえ、手伝ってくださったらと思います」

「勝手なことばかり言っといて、今さら何を手伝えと言うんです？」

「私の手にも負えないんです。先生が隠し事してたのは事実じゃないですか。お願いします」

「一体、何を手伝えと？」

「図書室に行ったら、図書部が出した文集を見れると聞きました。その文集を読みたいんです」

「図書室は随分前に閉鎖されています。この夏、完全に取り壊されるんです。そこにどんな本があるにせよ、全部廃棄されるはずです」

　私はゆっくり深呼吸をした。何者かの悪意を前に、私にできるのはわずか、そうやってゆっくり息を吸い込むことだった。

「校長先生は学校の名誉が大切かもしれませんが、私にとって自分の出自を知るのはもっともっと大切です。学校の名誉は絶対に毀損いたしません。私を烈女閣につれていった意味も充分心に刻まれました。図書室に〝海と蝶〟というタイトルの文集があるのは分かってます。その文集にチョン・ジウンという名の女子生徒が書いた文章はあるのか、あとその女子生徒はどんな顔をしてるのか、それを確認したいだけなんです」

「私が今、学校の名誉のためにこんなこと言ってるとお思い？」

　シンが訊いた。

「じゃあ、何のためなんです？」

「学校の名誉なんか、どうだっていいのです。これは一人の人間の生死に関わる問題だからです。私はカミラさんが自分の出生過程について知ろうと思わなかったらよかったのに、と思っています。カミラさんに誰が何を話したのか、またどんな意図があったのか知りませんが、その人の言うことを全部真に受けなかったらよかったのです。私に手伝えることはありません。カミラさんの選択の問題にすぎないのです」

「私はどうやって自分がこの世に生まれたのか知りたいんです」

受話器の向こうからため息が聞こえた。しばらく沈黙が続いた。

「もう私の手にも負えないわね。いいわ。今度の日曜に学校へいらっしゃい。果たしてその文集があるか、一緒に図書室を探してみましょう。だけど、それまでによく考えてみていただきたいわ。世界には数えきれないほど多くの人たちがいるけど、みながみな自分の人生の真実を知っているわけじゃないのよ。自分がどうやってこの世に生まれたか知らないからうまく生きている人のほうがずっと多いのです。カミラさんもそんな一人だと私は思っています」

ここまで言ってシンは電話を切った。善意からなのか、悪意があるのか、声だけで判断はできなかった。とはいえ、最後の言葉に彼女の本心がこもっていたのは否定できない。本心みたいな単語を口走る私の姿は、自分でも少々馴染みがなかった。映画やドラマで命をなげうって真実を求め、闇の核心まで入ってゆくキャラクターを見るたび、私は気になっていた。なんだってこの人たちはこんな懸命に真実を追い求めるの？　公益のため？

自ら充実した人生を願う余り？　功名心？　今、自分が同じ立場に立ってみると、大切なのは真実そのものであって、個々人の生じゃないと分かる。彼らの欲望は真実の浮力にすぎない。海に投げ込まれた死体のように、どんな隠れたストーリーにも、自ら発現しようとする属性が内在する。ゆえに、わずかな浮力でも隠れているものは表面に浮かぶ。真実は個々人の欲望をてこにしておのずと明かされるだけだ。

　シン・ヘスクと通話したのは月曜日だった。日曜日まではだいぶ時間があった。その間、キム・ミオクは、私に二度電話をしてきた。一回は学校に文集を見せるよう要求したかと、もう一回は母を探すのがなぜそんなに大切なのかと尋ねた。前者はイエスと答え、後者はうまく答えられなかった。この一週間、私はそれまでに起こったことを記録した。ノートに書いてみると、もしかして私は、実母が自分にとってなぜそんなに大切なのか、その答えを見つけるために鎮南（ここ）まで来たのかもしれないという気がした。思考は堂々巡りした。もう少し確実な杭（くい）のようなものがあればいいのにと思った。誰かの推測や見解や判断からなる不確実な推論ではなく、真実のはしごをのぼる前に力いっぱい蹴とばせる丈夫な踏み板のようなもの。そのいかんとも否定しがたい事実から、物語は始まらないといけなかったからだ。

水曜日、そんな踏み板を見つけるため、私はひとり鎮南毎日社を訪れた。私にインタビューしたヤン記者は、深刻な質問を次々に並べた前回とうって変わり、たるんだ態度で、こないだ一緒だった男は恋人かだの、残念な質問を投げかけながら、私を資料室へ案内した。その日の午後じゅう、私は資料室で昔の新聞をめくりながら、ついに一九八八年六月十六日付けの記事を発見した。

「先生は初対面のときから、私が誰の娘かも、あと私の母がもう随分前に自殺していたのも、ご存知だったんでしょう？　なのに、どうしてあのとき知らんぷりしたんです？」

「言ったじゃないですか。なによりもカミラさんのためです。昔のことだし、もうみんなそのことを忘れています。今さらほじくり返したっていいことなんて何一つありません」

「ずっといいことばかりして生きてきたわけじゃないでしょう？　それに私に隠そうとしても隠し通せることじゃないんです」

「これだけは確かです。カミラさんが新聞社を訪ねさえしなければ、私たちが今こんなことを話すこともなかった。違いますか？」

「こんなことってどんなことです？　私の実母と出生についての話ですか？　私にとって

それ以上大切なことがどこにあるんです？　なのに、アメリカから来た私に嘘つきながら、貞操のために自分の首を刺したという烈女の肖像なんか見せたんですよね？」

「嘘をついた覚えはありません。知ってることを全部話さなかっただけです。カミラさんが誰かに似てるとか、その誰かを私が知ってるとか、言わなかっただけです。それを嘘つき呼ばわりされたら困ります。私たちに他の選択肢はなかったのです。カミラさんのためにそうするしかなかった、という意味ですよ。私たちは、カミラさんがただ烈女の肖像を見学し、鎮南海苔巻きでも試食したあと、〝ああ、やっぱりママははじめからいなかったんだ〟と思いながら、アメリカに帰ってくれるのを心から願ってました。チョン・ジウンにはチョン・ジウンの人生があったし、カミラさんにはカミラさんの人生がありますから。そうなるのがいちばんよかったのです」

「そうなってたら、私はいちばんよくなかったでしょうね。昔、ある小説で読んだんですが、こんなフレーズがありました。真実は魅力的な醜女の顔みたいなもの、残酷に違いないのにもっと知りたい欲望が生まれたら、真実に近づいている証拠だと。誰も自分の人生の観光客にはなれないじゃないですか？　ここが私の故郷です。どうやっても私が鎮南生まれという事実は変えられないから、ここへ来たんです。二十五年間ずっとその事実を残酷と思いつつも、それに導かれてここまでやってきたんです。だからどんな真実でも、それは私の真実で、私はその最後の一滴まで全部受け入れる覚悟です」

「ご自分のこと、とっても勇敢だとお考えのようね、カミラさんは」

シンが嘲笑うかのように私を見つめた。

「勇敢なんじゃなくて、苦しみの感覚がすり減ってなくなってるだけです」

「そうかしら？」

シン・ヘスクはテーブルに置いてあったキーホルダーを手にして立ちあがった。鍵がちゃらちゃら鳴った。一体、その鍵がどんな扉を開けてくれるのか見当もつかぬまま、私は彼女についていった。本館を出て左に曲がった。写真の中で母が私を抱っこして立っていた場所とは反対方向だった。昨晩雨が降り、道はどろどろだった。この一週間で天候は一変した。風向きが変わると同時に、季節も変わった。もう雪まじりの北風は吹くまい。私はなんだか残念に思った。季節の変わり目の名残惜しさだった。シンは砂利が敷かれ、真っ白に乾いたところを選んで歩いた。少し歩いて彼女は言った。

「今向かっている図書室は、六〇年代に建てられたもので、開発期に安普請した貧相なコンクリート建築です。もともと特別活動の場を、と建てられたそうです。図書室以外にも実験室、音楽室、美術室、補助教材室などが一緒でした。のちの校舎新築に伴い、大部分は新校舎に移されたのですが、図書室だけはそのままでした。建物が古くなり、景観も安全もよくないので、もうじき撤去する予定です。閉架式書庫に昔の本がたくさんありますが、大半が縦書き印刷された古書で、もう誰も開いて読む者はいません。なので、建物が撤去されたら、本も廃棄されると思います。私がここに初めて赴任したころはまだ顧問と図書部員がいて、本の管理をしていましたが、今は見捨てられているんです」

　本館の先には、裏の新校舎へ続く道の真ん中に、一本の松が植わった、小さなうず高い花壇が現れた。花壇を過ぎると、つまみのない蛇口が一列に並ぶ水道が見えた。黒い水垢と青黒い苔（こけ）がへばりついた流しを過ぎ、道を挟んだプラタナスの蔭の下、ところどころ水色と白のペンキがはがれた平屋建てが見えた。まるで真実の家のようだった。

「いいでしょう、どうせここまで来たのだし、もう全部お話しします。最初、アメリカから手紙が届いたとき、カミラさんが自分を作家だと紹介するので、大変興味を持ちました。というのも、カミラさんの実母チョン・ジウンは、日頃から作家になると言っていたからです。チョン・ジウンは図書部員でした」

　真実の家を前にシンがついに口にした。私は何の反応もできなかった。この反応でシンはまた気が変わるんじゃないか。

「チョン・ジウンは図書部の活動に熱心でした。ほぼ図書室の住人のようでした。本好きな子だったんです。詩を好んで書いてた、まぁそんな子でした。平凡な女子高生。そんな子だから私たちのショックも大きかったわけです」

シンが鍵を回してドアを開けたとたん、鼻をつく匂いが目の前にすっと押し寄せた。たまっていた過去の時間が、ドアが開いたすきに、我先にと忘却の中へ脱け出すような感じ。目がしみて手の甲で何度かこすった。不思議なことに喪失感を覚えた。胸がぽっかりしたような感じ。窓という窓にカーテンが引かれ、日中にもかかわらず室内は暗かった。シンが壁の片隅にあるスイッチを上げた。チカチカしたあと、遅れて明かりがついた。鬱蒼(うっそう)とした感じがなくなると、匂いもつられて消える感じだった。空気中から物の気配が感じられた。本の気配。シンは白くほこりの積もった赤褐色の閲覧机のあいだを過ぎ、貸出台の前へ歩いていった。居酒屋のカウンターのような、長細いコンクリート製貸出台の後ろの壁には、『白鯨』や『神曲』のように漢字表記された世界文学全集の外箱や読書週間を知らせるポスター、〝静粛〟という注意を筆書きした額縁などがあった。

シンは貸出台の横にある茶色のドアの前に立ち、再びキーホルダーから鍵を探してドアを開けた。その中に閉架式書架はあった。本棚は冷えきった暗がりにぼんやり立っていた。波浪のような圧倒的な本の匂いにどっぷり浸かったまま、本棚は死につつあった。実際、隅っこの本棚は、誰かが倒したのか、でなければ本の重みに耐えきれず倒れたのか、床に本を散らしたまま、前に傾いたのもあった。その様子を見渡していると、不思議な気がした。この書庫に入ったのは初めてじゃないという、なんだか妙な既視感。無論、鎮南でそんなのは私にとって日常的だった。大通りから分かれる狭い路地を見ても、いつか一度はそこを歩いたような気がしていた。たぶん、その見慣れた感じは、大部分偽物だったろう。しかしここでは違った。確実に明らかに、いつか私はここにいた。最初に来たときは、全てきれいに整理されていた。室内は明るく、本棚には新刊が並んでいた。今回が二度目の訪問なのは間違いなかった。

シン・ヘスクが本棚から取りだした『海と蝶』第一輯の最初の章には、金起林(キムギリム)の詩「海と蝶」が表題作のように載っていた。

誰も水深を教えたものがないので
白い蝶は海の懼(おそ)れをまだ知らない。

青い大根畠かと下りて行っては
いたいけな羽を波頭(なみがしら)に浸し
王女のように打萎れてかえる。

三月の海原に花の匂わぬうらはかなさ
蝶の背に蒼白い新月が沁(し)みる。

図書部の文集を見たら、母の名前が見つかるはずだというキム・ミオクの話は本当だった。目次にはキム・ミオク、パク・ヒョンスク、ソ・ジョンヒ、キム・ユンギョン、チョ・ユジンなど、当時図書部員だった生徒らの名前のあいだに、チョン・ジウンはあった。第一輯にチョン・ジウンは、詩「夜と昼」、散文「冬と夏のあいだ、私たちの海」、図書部員全員に同じ質問をしたアンケートなど、都合三篇の文章を寄せていた。

「先週の月曜日、カミラさんから電話をもらって、本当に久しぶりにドアを開けて、図書室に入ったんです。そして文集を見つけました。『海と蝶』は当時図書部の顧問だったチェ・ソンジク先生の指導のもと、毎年五十部ずつマスター印刷して制作したあと、全校の各クラスと周辺の学校に配布し、残りは図書部員同士、分け合って持っていました。書架には八六年の第一輯から九一年の第六輯まで、全部で五冊の文集が並んでいます。八七年の第二輯は見つかりませんでした」

「そこにも母の文章が載っているんですね」

「それは分かりません。チョン・ジウンは八七年の二学期から無断欠席しだして、後日、私たちはそのときあの子がカミラさんを身ごもっていたのを知ったのです。文集は夏休みに原稿を集めて編集したあと、秋に出していましたから、第二輯にチョン・ジウンの文章が載っているかどうか知るすべはありません。二十五年前なのを斟酌してください。私も八六年の文集を見て、そのころを辛うじて思い出す程度だったんですから。もちろん、主だったことは、昨日のことのようにはっきり覚えていますけど。第一輯を見たら、「冬と夏のあいだ、私たちの海」という文章があるでしょう。チョン・ジウンの随筆ですが、そこにチョン一家が鎮南に越してきたのは八一年だと出ています。チョン・ジウンが父と兄、三人して船で鎮南沖に出て、鎮南港の明かりを見たことを書いた随筆です。三人は順に悲劇の主人公になりました。もう忘れかけられていますが、永遠に忘れられない話です。私も昨日のことのように鮮明に思い浮かびますから。聞きたいですか？　あるいは、今からでも遅くないから、実母について知ったことに満足して、このままアメリカに帰ってはどうです？」

顔に唾を吐きかけたあと、勇気があるなら剣を取れと言う猛々しい剣闘士のように、シンは私を凝視した。再び全く同じ状況に置かれたら、私はその場を立ちあがり、ホテルへ戻るだろう。そしてシャワーを浴び、ぐっすり眠ったあと、翌朝一番の飛行機を取って、すぐさまアメリカへ発ったろう。だが、その瞬間、私は人生の真実の前から逃げたくなかった。

「帰る場所はありません。私の故郷はここですから」

「そう。カミラさんはチョン・ジウン似ね。いいわ。全部話してあげます。私がカミラさんなら、こんな真実なんか知ろうと思わないでしょう。その代わり、心を鎮める努力をすると思います。精神科みたいなとこに通ったり、じゃなきゃ瞑想でもするとか。というのも、自殺も遺産になるのか、チョン・ジウンは父親からそれを相続しているからです。チョン・ジウンは父親が自殺するのをなすすべもなく見守っていました。そのとき既に、あの子はまともな人生を送れなくなっていたのです。中学二年生のときです」

そう。シン・ヘスクの忠告通り、私は烈女閣やアオノリ汁みたいなもの、ツバキや海苔巻き屋の化粧品みたいなものを胸に鎮南を離れ、二度と戻ってくるべきではなかったのだ。初めてアメリカ行きの飛行機に乗ったときのように、あらゆる過去を忘却の内へと押し込んだまま。だが、もう後戻りはできなくなっていた。

どれほど長く抱きしめていたら、夜と昼は

昨年春のこと。日本の東北地方で地震が発生し、津波が海辺の町を襲う大災害が起こった。数週間後、たまたまテレビを見ていると、被災地域の近海にゴーストタウンができたというニュースに接したことがあった。記者はハンブルク上空に数機のＵＦＯが同時目撃されたとか、アマゾンに人喰魚が棲息しているというニュースを伝えるかのごとく、そのゴーストタウンについて興味本位のレポートを報じた。水中カメラが撮影した海底の様子は、普段の小さな村の街角と似ていた。津波がさらっていった家の残骸や家具、家電製品、自転車や自動車などが海中にそっくり重なっていた。視界は曇り、色は濁っていて、モノは輪郭を失い揺れていたが、これが実在の風景という事実は否定できなかった。それでもその風景は人がいないという点において、非現実的な実在だった。甚だしくはそこには幽

霊さえもいなかった。記者の表現通り〝ゴーストタウン〟なのだとしたら、幽霊たちは空洞の形で存在していることになる。まるで人形(ひとがた)に切り抜いて輪郭だけ残った紙のように。それは満たされるのを渇望する穴、見た瞬間、視線が引きつけられる。視線を奪われた人は、シェヘラザードのように、語りでその空白を埋めなければならない。物語はどのようにして始まるか？　輪郭だけ残して消えた誰かを想像しながらだ。私は母を想像し、その瞬間、物語は始まった。そしてその物語は始まりとともに終わった。

自動扉が開き、ホテルのロビーに入ると、ソファーで本を読んでいたユウイチが私に向かって手を振った。近寄ると、私の顔をまじまじと見ながら、ユウイチが言った。

「どっかの浜辺でサンタンでもしてきたバカンス客みたいな顔だな。こっちはどんだけやることなかったか、君の本を読み返してたとこだよ」

ユウイチが本の表紙を持って私に見せた。私の本『あまりに些細な記憶たち』だった。

「例の白黒写真を三十分ほど睨みつけてたと思う。そしたら写真の風景がだんだんくっきりしてきて、君の生物学的な母親の瞳に人の姿を見つけたんだ。カメラを持ってこの写真を撮った人」

その言葉に仰天し、ユウイチから本を奪い取った。

「ほんと？　どこ？　私も見る」

だが、いくらじっくり見つめても、そんなものが見えるはずなかった。

「最低三十分は見てなきゃならないんだってば。それでもダメなら心の眼で見るの。誰かが撮ったから写真が残ってるんだろ。それにこんな写真を撮るほどの人って言ったら、超近い間柄だったろうし。何より重要なのは君も写真を撮ったこの人を見てたってことさ。誰だったの？」

「知らない。そんなの覚えてるわけないでしょ。まだ小さかったんだから。私にできることは何もなかったのに、私のせい？」

私は叫んだ。ユウイチは慌てて、ごめんと言った。私は声を上げたのとユウイチに謝罪を受けたのをともに恥ずかしく思った。私は我を失っていた。鎮南女子高を出たあと、どこをどう歩いたかすら記憶にない。ひとしきり歩いたとき、私はとある邸宅の庭にいた。どうやってそこまで行ったか分からない。なんとなく鎮南女子高を出て、人のいないほうへ歩いてみたから、そんな辺鄙(へんぴ)なところまで行ったのかもしれない。庭の片隅に一つ二つ、白いつぼみをつけたモクレンがあり、背後にはプラタナスの枝につながれたぶらんこ。庭

は鎮南港が見下ろせる、二階建ての石造建築に備えつけられたものだった。建物の前には
エミリー・ディキンソンの「希望は翼をもったもの」という詩が刻まれた石碑があった。

Hope is the thing with feathers
That perches in the soul,
And sings the tune without the words
And never stops at all,

And sweetest in the gale is heard;
And sore must be the storm
That could abash the little bird
That kept so many warm.

I've heard it in the chilliest land,

And on the strangest sea;
Yet, never, in extremity,
It asked a crumb of me.

希望は翼をもったもの、
御霊(みたま)に巣食い
声なき歌を歌うらし、
果てなく続くその歌を、

猛き風の中にあり最も甘美なその歌を。
猛き風にも屈せずに
小鳥は多くの者たちを
優しく守ってくれている。

最も冷たき土地にても

最も不慣れな海にても私は聞きしその声を。
だが最悪の場面でも、一度たりとも、
その鳥は我に恵みを望まずにいた。

詩の下には〝一九三三年、この地に生まれ、一九三九年に亡くなったアリス・マックリーンに、両親が残した詩です。白人少女アリスのご冥福をお祈りいたします〟という説明書きがあった。私はその庭に立ち、しばらく海を見下ろした。この洋風石造建築は、この家に生まれ、六歳で死んだ一人の白人少女を記憶するため、ここに建っていた。海中のあの町もいつか住んでいた人々を記憶するため、そこにあるのかもしれなかった。古い家や手垢のついたものは主人を覚えているからだ。同じように、十七歳で未婚の母になったあと、海に身を投げ自ら命を絶った少女のことを考えるのは私。私という存在、私の人生。母が産んでくれたので私が存在できているのなら、今度は私が母のことを考えて存在できるようにしてあげないと。「ご自分のこと、とっても勇敢だとお考えのようね」。シン・ヘスクの言葉が思い出された。死んだ母を思うこと、それは勇敢でないとできないことだった。

　ホテルへ戻るため、その家を出て丘を降りていった。大都市でないから道に迷うことはないと思っていたのに、丘を降りるとなんだか見知らぬ場所に出た。だが、鎮南人に道を聞くのは嫌、またその人たちに好意や親切を受けるのも嫌、ホテルはどこだろう、考えられる方向へ歩きつづけた。ホテルは海辺にあったから、ひたすら海へ、海のほうへ行きさえすればよいと思った。ところがホテルは現われず、話に聞いていた工業団地へ出た。行き交う車は多くなく、タクシーもつかまえられなかった。私は完全に迷うまで道を探しつづけた。工場は死につつあった。管理されていない通りは汚れ、たまにすれ違う人々の表情は、ペンキのはがれた壁ほどに暗かった。昼なのに夜のように感じられた。

　歩いていると、年配の労働者が一人、脇を通り過ぎた。彼は何かを夢中に考えながら歩いていた。あの人は何を考えてるんだろう？　私は気になった。温かいご飯？　柔らかい女性の肌？　自分を待っている家族？　当座の公共料金や学費や生活費に必要なお金？　一体何が彼の眉間にしわを寄せているんだろう？　そのうち、私はついにある結論にたどりつく。その少女がいちばん大切に思っているのはこの私。海の中で、死の中で。だとしたらその少女のことをいちばん大切に思うべき人も私でなければならないと。いかなる弁明も不可能だ。私は無条件にその少女を考えなければならない。半ば義務。毎月きちんと家賃を払うよう、制限速度を必ず守るように、私はその少女を〝きちんと〟〝必ず〟考えなければならない。文集の詩がその少女の一時期を記憶しているように。その詩の題名は〝夜と昼〟だった。

その日の夕方、私たちは〝幻想サンセットクルーズパーティー〟という冠を掲げた遊覧船ツアーに参加した。ユウイチのアイディアだった。船着き場に泊まっている遊覧船は、クリスマスツリーのように色とりどりの電飾をぶら下げて、まるで東南アジアの水上家屋に見えた。遊覧船は六時に出航し、百分間、鎮南の沖をゆっくり航海するとパンフレットに書かれてあった。また遊覧船では、飲み放題の生ビール、フィリピンバンドのライブ公演、ダンスタイム、花火（この時間にご希望のカップルはプロポーズ可）、キスタイムなどが用意されているという説明書きもあった。ユウイチと私が乗船すると、待機していた従業員が私たちに一本のバラを差し出した。そのカップルバラを持つ客は、花火のよく見える席へと案内された。劇場スタイルで前ステージを眺められるようになっている食堂では、フィリピン人の二人組バンドがアバの曲を演奏していた。三月だからか、思ったほど客は多くなく、その曲はどこかもの寂しく聞こえる。ひょっとしたら、ドラムとベースがない、いや、ないというよりは、カラオケセットで代用する男女二人だけのバンドが歌っているせいかもしれない。

食堂の後方にはバイキングが用意されていた。ラップのかぶさった料理は、なんだか人の食べ物ではなく葬儀用に見えた。生ビールは気が抜けていてまずく、コーヒーも薄かった。何かおいしいものを食べようと思って乗ったわけではなかったから、二人ともたいした不満はなかった。六時になると、遊覧船はとりあえず西へ向かって動きだした。夕陽を見るためそっちに向かっているのだが、奇しくもそこは昼間、私が道に迷った工業団地だった。レディー・ガガの歌を聴きながら、私は建造中のＬＮＧ船やタワークレーン、停泊中のコンテナ船を見た。今、死につつある工場を思った。やがて遊覧船は工業団地の沖を過ぎ、夕陽へいっそう近づいた。工業団地が尽きる先に防波堤と灯台があり、その外側には手のひらほどの砂浜があった。砂浜を過ぎると、そこはもう海と夕陽だけ。するとバンドの演奏が止み、二階の甲板へ上がると夕陽がもっとよく見えるので、ぜひ二階へ上がるように、と船内放送が流れた。

夕陽を見たあとも、私たちは食堂に降りず、甲板に残っていた。私はユウイチに文集に載っているチョン・ジウンの詩を読み聞かせてやった。

夜と昼

チョン・ジウン（一年四組）

風がのどひこにかかる　言葉につかえる　空咳の音　聞こえ　夕陽は　はや私の空を脱け出す　二重扉ががたつき　視線が慌ただしく家を脱け出す　屋根が赤く、赤く燃え上がる　熱い熱気が広がり　我が愛しの家、崩れ落つ

断続的な咳、愛がしみ込んだ
何も言えず　日々病（やまい）
熱から覚めると赤い空には
渡り鳥、飛び去り

いつだったか、
私の胸が河の話をはじめたのは、
いつだったか、その河の夕陽の中へ砕け散ったのは、
私たちはずっと河だった　星は円を描きながら降り注ぎ
私たちはずっと一緒に流れてゆきたかった

愛しき我が病、
体熱に包まれ　頭（こうべ）を垂れると、
赤い河　流れ
一日が過ぎ　次の一日が来て、
赤い河、夕陽の中へ流れ
そして忘られぬ翌日

銀杏の実に触れようと　木に登った

そこは爽やかな風が吹き　遠くが見える
遠くに鳥の群れと林、
どれほど多くの夜を明かせば　空は青くなるのか
どれほど多くの汗水を流せば　河は海に至るのか

……

恐ろしき我が病

河辺に座り　白い羽を刺して戻ってくる蒸気船を眺めていた　あるいは最後の柾（まさき）の蔭の名残惜しさについて聞いていた　何も見れず聞けずにいた　赤い夜、寝転がり　魚のため息を聞いていた
日の傾く河辺に座り　河の一日を連れ去る夕陽を見ていた
何もしなかった　どれほど長く抱きしめていたら　夜と昼は一つになるのか

　松林を飛び出す　壁に向かって石を投げる　誰かが立ちあがり　部屋を去る　悲しみを無言で語るすべを学ぶ　河が干上がり　ひんやりした夜が訪れる　愛する私、家

に炎が収まる

チョン・ジウンの詩を読むあいだ、太陽は境界が不明瞭な半円の光を残し、水平線のかなたにすっかり消えた。三分ほど読んでいたろうか？　極めて短い時間だったが、その間、私は光と闇のあいだを何度も行き来した。時間が塊となって流れる感じ。詩を読みおえたあと、私は顔を上げ、暗くなる空を見上げた。青黒い夜空に、眉ほど細い月と、ぼたん雪のように大粒の星が浮いている。三月の夕べの海に冷たい風が吹きすさぶ。その刹那、私は地球の表面、つまり宇宙の内部にいた。その宇宙は私たちの知る、全ての人々が生きてきた場所、どこまでも見慣れた空間だ。私たちはどんなときも一人ぼっちのはずがなかった。だったら、私も一人ぼっちのはずがない。なのに、私はちっとも頭を下げられない。ユウイチになぜかと訊かれたら、夜空がとても美しいからだと答えただろうが、実は問いのためだった。問いが私を孤独にした。母はどんな人なのか？　彼女が愛した男は誰なのか？　この問いに答えられないと、私は自分が何者なのか語れないと思っていた。だけど、答えられるようになった今、私は逆にその問いにどう答えるべきか分からずにいる。

遊覧船は再び工業団地を過ぎ、鎮南港に向かってじわじわと動きだした。私たちはまだ食堂に戻らず、甲板の欄干にもたれて、夜空に似て墨色に黒ずむ海を見下ろしていた。食堂では観光客相手のショーが行なわれており、とんでもなく騒がしかった。私もユウイチもさっさとその食堂に下りていく気になれなかった。食べて飲んで騒いで歌う、どこか没落する帝国の、湖上に浮かぶ歓楽遊覧船のようだ。そうするうちにダンスタイム・スタートというにぎやかなアナウンスとともに、フィリピン人の二人組が「You can dance, you can jive, having the time of your life」とアバの〈ダンシング・クィーン〉を歌いはじめた。私はあとについて歌った。君は弱冠十七歳、若くてかわいいダンシング・クィーン。ダンシング・クィーン、タンバリンの拍子（リズム）を感じろよ。踊れるさ。振れるさ。人生最高のときを過ごせるさ。カラオケの伴奏も、女性のなまりの強い声も、自動車の部品を組み立てるロボットアームの動きのように無表情だ。気持ちのこもってない声で明るい歌詞の曲を歌うから、逆に寂しげに聞こえた。まるで高校のダンスパーティーで申し出を受けられず、モスリンドレス姿で体育館の片隅にうずくまっているような感じ。そのもの悲しい歌を、あとについて歌いながら、私は明るい鎮南を眺めた。You can dance, you can jive.　黒い海の上に点々と明かりが浮かんでいた。私は隣にいるユウイチにこう言った。

「こうしてみると、八一年に、チョン・ジウンは今の私たちみたいに、この海から鎮南の明かりを眺めてたのよね」

ユウイチはなんでそんなことが分かるのかと訊いた。私は、彼女の散文にそう出ていると答えた。文集には詩以外にチョン・ジウンが書いた「冬と夏のあいだ、私たちの海」という散文もあった。ユウイチがどんな内容か教えてほしいと言うので、それを読んであげた。海が出てくる最後の場面は次の通りだ。

家に向かって歩いてゆくあいだ、私は明かりのことを考えた。うちの家族が鎮南へ越してきた年だから一九八一年。その夏、父と兄と私、三人で船に乗り、海に出たことがあった。お盆が近い、月の明るい夜だった。台風が北上する前、海はどれほど静かだったかしれない。たぶん父は自分の仕事を私たちに見せたかったのだと思う。揺れる船べりに立ち、市内のほうを眺めていると、だんだん明かりが遠のきながら、美しくきらめいていた。ばらまかれた宝石のようでも、天の川のようでもあった。きれいな明かり、喜んでいると父は、美しいものは少し離れたところから見ないと見えないと言った。その言葉は全的に正しい。そのころがうちの家族の、もっとも美しい時期だったと今は分かる。つらい経験をし、故里を離れたけれど、そのころの私たちには新たな希望があった。

その間、船は次第に沖へ出た。遠くまで行きすぎじゃないかと不安になるほど、明かりはもう随分遠ざかった。美しいものは離れて見るのがよいけれど、離れすぎるとはるかかなたに感じられる。そのとき兄は「まるで僕ら三人だけ特別に離れて、世界を眺めてるみたいだ。映画館に遅れて入った客みたいに」と言った。そのとき兄が比喩したかったのは、客でなく死んだ人だったと、最近になって聞いた。あの夜の鎮南は、兄の目にはまるで死者の目に映る世界に見えたらしい。そして、あのとき父さんが言ったことを覚えてる？　と訊いてきた。あのとき父が何と言っていたか？　記憶はおぼろげだ。今、俺たちのそばに母さんもいる。父はそう言ったらしい。だった？父さんがそんなこと言っていた？　この海で。

その海がちょうど今この遊覧船の浮かんでいるこの海だ。この海はまた、私がアメリカに養子に出された八八年のある夏の夜、チョン・ジウンが短い生涯を終え、身投げしたその海だった。私は鎮南毎日（チンナムメイル）の資料室でチョン・ジウンの投身自殺を報じた記事を見つけ出した。警察はダイバーを動員して捜索した結果、明朝、チョン・ジウンの遺体を収容したと後続記事に出ていた。その海を眺めていると、突然そのとき、キラキラ明滅する電球を除き、船の照明が全て消えた。一分ほど真っ暗な状態で時間が過ぎたかと思うと、舳先のほうで花火が一つ上がった。プロポーズタイムを告げる花火。空で花火が弾けるあいだに、ユウイチは跪き指輪を差し出した。遊覧船に乗ろうという魂胆はこれだったのか、私はそのときやっと気がついた。花火見物のため甲板に上がってきていた人々がその姿を見て歓声を上げた。

「カミラ、愛してる。僕と結婚してくれ」

それまで懸命に我慢してきたのに、その言葉を聞いたとたん、涙があふれだした。

「ユウイチ、ユウイチ。私はもうカミラじゃないの。私の名前はヒジェ。チョン・ヒジェ。文集でチョン・ジウンが作ったアンケートに出てくる名前なの。息子でも娘でも、これから生まれてくる子につけたかった名前。ヒジェ。私はヒジェ。もうカミラじゃないの」

私はユウイチを抱え起こしながら言った。唐突な私の反応にユウイチは戸惑った。

私は続けた。

「私の母はチョン・ジウン、父はチョン・ジェソンなんだけど、二人は兄妹だったそうよ」

そして私は欄干に背をもたれかけた。私は持っていた重たい荷物を降ろした人のように激しく息をしながら、ユウイチに、お水もらってきて、と頼んだ。突然の言葉にぽかんとした彼は、どうしてよいか分からず、とりあえず言われるがまま、冷水を取りに食堂へ下りていった。夜空には花火が次々と弾け、フィリピンの二人組は歌いつづけた。君は弱冠十七歳、若くてかわいいダンシング・クィーン。ダンシング・クィーン、タンバリンの拍子を感じろよ。踊れるさ。振れるさ。人生最高の時を過ごせるさ。ユウイチが再び甲板に上がってきたときは花火もすっかり終わり、船の照明は再びついていたが、私はどこにもいなかった。

第一部　ジウン

黒い海を渡っていくということは

バングラデシュのダッカ、アミ・スタジアム近くの廉価だが安全な宿、シビック・インに戻るなり、あなたは文章を書きはじめる。この二週間に起こったことについて。二週間前、サンフランシスコ空港からシンガポール航空に搭乗したとき、あなたは隣人の目を避け、深夜、最小限の荷物だけつめこんだ旅行カバンを持って夜逃げする自己破産人のようだった。あなたが生きる二十一世紀はあらゆる場所がつながっているので、完全な亡命や逃避はありえないと分かっていながら、ご主人様の高い陶磁器を割ってしまったあと、そのことを隠すため、書斎に火をつける愚かな使用人のように。

ユウイチは認めまいが、当時のあなたにとって最大の懸案は、形骸のみ残ったまま維持されていた二人の関係だった。どうしたことか、黒い海を越えたあと、あなたは元気がなくなった。そんな気持ちでユウイチと結婚するのは、なんだかこの人を裏切っているようだった。裏切りだなんて、なぜこんな言葉が思い浮かんだのか分からない。別な誰かを愛しているわけでもないのに。あなたの心がそうやってこじれると、逆にあなたの体はいっそうユウイチにしがみついた。あなたはそんな自分に失望し、なのでエージェントからアジアの子供売春産業に関するルポを書いてみないかと相談されたとき、自らにユウイチから遠ざかる罰を与えようとしていたのかもしれない。あなたは即座に書くと返事した。何でもいいから書かなければならない。そうしないと生きていけなさそうだった。もちろん、あなたの切実さを彼は認めなかったけれど。

そうしてダッカのシャージャラル国際空港にあなたが入国したのは深夜だった。何もかもが色あせたような入国審査場を抜けると、銃を手にした保安員たちが統制する駐車場で、現地職員があなたの名前を書いた紙を手にあなたを待っていた。駐車場は鉄条網で囲まれており、その鉄条網には猿のように大勢の人がぶらさがったまま、バングラデシュに到着したばかりの外国人たちを眺めていた。視線は容赦なくあなたの身体に突き刺さった。宿へ移動する道路ではあらゆる車がクラクションを鳴らした。特に理由もなく慣性的に押しているクラクションだとやがて明らかになり、何日もしないうちに、この音は何ら警告の役割も果たせぬまま、ダッカの背景音へと成り下がった。

二日後、ダッカの南にある学校を訪問したとき、素足の子供たちは二十年後の自分の姿をスケッチブックに描いて、クラスメイトの前で発表していた。スケッチブックには聴診器を首に巻いた医者もいたし、安全ヘルメットをかぶったエンジニアも、両手を後ろ手に組んで立つ政治家もいた。けれど、この子たちに可能な未来は、指折り数えるほどだった。そのうえ、女の子なら、思春期がいまだ終わらぬうちに、待ち望んでいたその未来が、我が身を売ることから始まると知るだろう。その村であなたは、顔じゅうしわだらけの、五十は優に越えたような、だけど実際は三十代中盤に過ぎない一人の女性にインタビューをした。いくつか質問を投じて、返事を聞いてみると、女性の話が終わり、通訳を見つめるたび、無意識のうち眉間にしわが寄っていた。その女性は言った。「この娘は早くからお乳みたいにあたしらを食べさせてくれてるの」。彼女の話を聞いているあいだじゅう、〝娘さんにはこの世界についてもっとたくさんのことを学ぶ権利があるんです。あなたがいくら母親だからといって、そうやって幼い娘に売春を強要はできないんです！〟という言葉があなたの舌先まで出かかった。

しかし、あなたは一言も言えなかった。子供に売春を強要しているのが、他でもなくその子の母親だったからだ。なんだかあなたにはその母親を非難する資格がないように思えた。あなたもまた、一度も自分の母にそんな質問を投げかけられなかったことに、ふと気づいたからである。なぜ私を捨てたのか、母親ともあろう者がどうしてそんなことできるのかと。すると娘の身体であっても売って、残りの家族が食べていけるのだから、神様が見てくれているのではないかというその女性の厚かましい返事さえ、あなたは理解すべきように思えたのだ。そんな理解なんて、あなたはモンスターにでもなったように感じた。だけど、真実はこう。まるでモンスターにでもなった気がしたのは、あなたでなく私。私はあなたを面と向かって見つめることもできない。

あなたが文章を書いていると、メールを知らせるアラーム音が鳴る。サンフランシスコのエージェントからだ。彼女は、鎮南に行って以来、あきらめていたプロジェクトについて尋ねていた。ニューヨークの出版社には、作家の個人的な都合により、一時中断の状態だと説明したが、いつまでも中断はできないと彼女は言った。〝作品として発表したとき、個人的な不幸が読者の共感で慰められるのは文学史ではよくあること〟だとエージェントはメールに書いていた。エージェントから来たメールの真下には、同時に届いたユウイチのメールもあった。件名は〝あのとき僕は君のつむじを見ていたんだ〟。あなたはユウイチのことを考える。そして黒い海のことを考える。

釜山旅客ターミナルに停泊する船の側面には、すらっとした字体で〝Camellia Line〟と書かれていた。ユウイチは大げさなほどその偶然の一致に驚いてみせた。あなたの韓国語六級課程修了に合わせ、ユウイチは韓国に入国した。あなたたちは鎮南に寄り、あなたの実母について取材したあと、日本へ渡り、最終的に東京からサンフランシスコ行きのデルタ航空に乗る計画だった。ソウルと東京、そのあいだにユウイチの祖父と親戚が住む門司港（もじこう）がある。ユウイチのひそかな計画が実現すれば、あなたたちは愛し合う運命によってソウルで再会し、海を越え、門司港を経由したあと、魂の同伴者となって、東京からサンフランシスコへ戻ったはずだ。だけど、それはみなあなたと私が出会う前のこと。今は何もかもが変わった。あなたはもう昔のカミラに戻れない。あなたはもうユウイチが愛していたその女性ではなかったのに、そのときも彼はまだそのことに気づけなかった。

ずっと船酔いに苦しんでいたあなたは、深夜になってようやく少し元気になった。ユウイチは、よかったら船べりに出てしばらく風に当たろうと言い、あなたもそうするのがよさそうだと思った。

「僕らは今、黒い海を渡っている最中さ」

見えない夜の海を指さしながらユウイチが言った。

「夜の海だから？」

あなたが尋ねた。

「この海の名前は玄界灘（げんかいなだ）、すなわち黒い海なんだ」

「海が黒いのかしら？　なんで黒い海なんて名づけたのかな？」

「さっき読んだガイドブックによると、東洋じゃ黒は北の象徴なんだって。だから北の海は黒い海になるんだ」

「私たち、今、黒い海を渡ってるのね。これって私たちの人生にどんな意味を持つのかしら？」

答えを期待して訊いたわけではなかったから、ユウイチの返事もなかった。こんな問いの答えはガイドブックに出ていまい。その答えを知るには、もっと多くの人生が必要だ。時が経てばあのとき黒い海を渡ったことが、あなたの人生で何を意味していたのか、おのずと分かるはずだから。そして時を経た今、あなたが知ったこととは？　とりあえずその黒い海を渡ったあと、とても体調を崩すだろうこと。三月の夜の海風は、活力を失ったまま欄干にもたれかかり、虚ろに想いを巡らせるあなたにとって致命傷だった。無気力なあなたの免疫体系は、体内に侵入した風邪ウイルスを防ぐ力も、意志もなかった。

　火照る身体で門司港に着いたあなたは、了解を求める間もなく、ユウイチの祖母のところに身を寄せるほかなかった。ユウイチは祖母にあなたをどう紹介したのだろう。あなたは気になった。彼女だと言ったのか？　じきに結婚する人だと言ったのか？　なぜユウイチの祖母は、身内のように濡れタオルで夜通しあなたの顔と手足をぬぐってくれたのだろう？　高熱にうなされながら、うわごとをつぶやくあなたが不憫だったのだろうか？　夢うつつにあなたは祖母が何か話しかけてくる声を聞いた。畢竟（ひっきょう）、祖母は日本語で話したはず、だったらあなたは聞き取れなかったはずなのに、不思議なことにその言葉は全部理解できた。もう大丈夫。もうつらくないわ。治ったわよ。その言葉は日差しに温められたあと冷えてゆく午後の小石のように暖かかった。

　翌日、黄昏どきになって、あなたは意識を取り戻した。福岡で下船したあと、あなたの身体はまるで借り物の服のようにぎこちなく感じられたけれど、ようやく全てが元通りになったようだ。じっと横になっていると、何かの音が聞こえた。布団をめくって起き上がり、窓を開けると、路地の黒いアスファルトに春雨が降っていた。坂の上から降りてきた雨水が道なりに、排水溝へ流れ込んでいた。排水溝をたどっていくと、恐らく海に至る。

門司港駅に向かっている途中、線路の左側が全部海だったのをあなたは覚えていた。海を見なきゃとあなたは思った。リビングに出ると、誰もいないようで薄暗く、スイッチを探してきょろきょろしながら、ソファーに誰かがいると知り、あなたは仰天する。ユウイチの祖母だった。あなたを見るなり、祖母はジェスチャーしながら何か言った。あなたは海を見にいきたいと言ってドアの外を指さした。祖母は険しい表情で叫びながらジェスチャーをした。何度か言ったが、祖母はあなたの言葉を聞き取れなかった。そしてふとあの単語をあなたは思い出した。

「ゲンカイ、ゲンカイ」

だが、祖母はそれも聞き取れなかった。海を見にいきたいのを説明しようがなくなり、あなたはとりあえずドアを開けて外へ出た。すかさず祖母は玄関の上り口から傘を取り、あなたのあとをついてきた。あなたは春雨に少し打たれたあと、祖母に差し出された傘をひろげた。雨粒が額をつたって落ちるのが感じられた。雨音はいたるところにあった。傘に、屋根に、庭に。明かりのともった小さな店がごちゃごちゃ集まっている通りを道なりに歩いて下った。通りに出ると、祖母はもう何も言わなくなった。カーブを曲がり、その道を抜けるコンビニの配送トラックのヘッドライトには、無数の雨脚が斜線のように描かれていた。あなたとユウイチの祖母は、九州鉄道記念館と二十世紀初めにできた門司港駅舎を通り過ぎ、港まで歩いていった。門司港からは海峡が見えた。反対側は下関。黄昏の海は本当に黒かった。黒い波が途絶える地点に、対岸の明かりが揺らめいていた。黒い海峡はあなたが渡ってきた玄界灘に思われた。しばらくのあいだ、あなたはじっと立って、下関の明かりを眺めていた。

帳が完全に下りると、無言で横に立っていたユウイチの祖母は、あなたの肘を引っ張りながら、右手で何か飲むまねをした。何か飲もうという意味だと思い、祖母についてゆくと、本当に海が見えるカフェに入ってゆくのだった。中年女性が二人、カウンターに立って二人を迎えた。祖母は傘をたたみながら、彼女たちと言葉を交わした。あなたのほうをちらっと見ながら何か言っていたが、あなたは何と言っているのか分からない。メニューを出されたので、あなたはコーヒーを注文した。祖母は海がよく見える窓際の席にあなたを座らせて自分はカウンター席に座り、彼女たちとのんびり会話を交わしていた。カウンターの後ろの棚に置いてあるテレビから、出演者の声と笑い声が小さく流れていた。中年女性がニコニコしながら置いてくれたコーヒーを一口飲んでみると、最初はコーヒーにしては甘すぎると思った。が、いざ体の奥からその温かさが感じられると、本当にもう病気が治った気がしてあなたは嬉しくなった。熱いコーヒーをフーフーしながら飲みおえると、カウンターで中年女性が何か声を上げた。振り返ると、祖母がまた右手で何か飲むまねをしていた。あなたはうなずいた。

後日、ユウイチは、あなたたちをヤンキーのようだと思った祖父は、あなたたち二人の訪問をあまり快く思っていなかったと言った。甚だしくは彼女と一緒に来ると知り、あなたたちを自宅(うち)に上げないため、門司港ホテルの部屋まで予約していたのだった。だが、電車から降りるあなたの顔色を見て、その足ですぐ病院へつれていった。あなたが病院のベッドで点滴を受けているあいだ、ユウイチはあなたについて、あなたの実の両親について以外、全てを祖父母に聞かせてあげていた。恐らくその日、祖母はカフェの二人の中年女性に、その話を聞かせていたのだろう。ユウイチの祖父母によく思われたい気持ちはこれっぽちもないのに、あなたはユウイチの祖父母が自分をどう思っているのか、孫嫁と思っているのか気になった。ユウイチは、お人形さんみたいだって言ってる、手足がすごく細いって言ってる、そんな外見的な品評を英語で訳すばかりだった。

再び門司港駅で別れるとき、祖父はユウイチに尋ねた。

「最後に会うたんはいつやったかの？」

「僕が中学生のときです」

ユウイチが答えた。

「中学生？　ほいたらもう十年以上前やね。あんころはわしもまだ若かったけど……」

祖父は歯の抜けた口の中をすっかり見せるように高笑いした。十年前に戻ったとしても、彼の年は七十に近い六十八歳だった。

「次はまた十年後かのう」

祖父はそう言ってユウイチとあなたの手を握った。踵を返し、電車に向かって歩いていくと、涙が出そうになり、あなたは必死に我慢した。漁師だった祖父は、今も明け方になると裏山に登っているそうだ。彼はまだまだ元気だし、どうかしたら十年後も生きているだろう。だが、そのときまで彼が生きているとして、もう自分が彼と彼の妻に再会することはなかろうと、あなたはよく分かっていた。あなたは黒い海を越えてきたし、もう全て終わってしまったのだから。

あなたは電車に乗ってからも、ホームに立つ彼らをしばらく見つめていた。老夫婦はユウイチとあなたを眺めながらじっと立っていたかと思うと、発車時刻になり、電車の扉が閉まろうとするや、びくりとしたように手を振った。あなたも手を振った。電車はがたんごとん、ゆっくりと発車した。祖父母がもう見えなくなると、あなたたちはシートに座った。平日昼間の電車に人は多くなかった。その多くない人のほとんどは中年や老年の男女で、色とりどりの登山服を着ていた。近くに有名な山でもあるに違いない。ひょっとしたらユウイチの祖父が毎日早朝に登ると言っていた山かもしれない。山登りの帰りだとしたら、みなのんびりと、でもぐったりとした気分だっただろう。とすると、ここの者とは思えない若い女性が、唐突に涙しているのを見たら、好奇心をくすぐられたはずだ。

あなたの嗚咽は思いのほか長かった。ユウイチはずっと私を抱きしめていた。彼の右胸はあなたの涙ですっかり濡れてしまった。そのときユウイチが何を考えていたのか、あなたは知る由もない。自分にユウイチと結婚する資格はないと思ってからというもの、彼が疎遠に感じられるばかり。もとからなかったように、親しみは跡形もなく消え失せた。たまたま跳び乗った日本の電車で初対面の男の胸に抱かれているかのように、ぎこちない状況に感じられた。いったいこの疎遠さはどこから来るのか、あなたはいぶかしいばかり。そしてそんな不自然さを平然と受け入れている自分が恐ろしく感じられるばかりだった。

ユウイチから来た最後のメールを開いたあと、あなたはそのとき彼が何を考えていたのか、初めて知らされる。〝あのとき僕は君のつむじを見ていたんだ〟とユウイチは書いていた。

髪はつやつや。一本一本、別々に存在しているみたい。細胞を想像した。君の身体の中の細胞。生成され、成長し、そして死んでゆく細胞。その細胞の生の軌跡も想像した。細胞のかたちは、僕が生物の時間に学んだように、一つひとつが完璧なんだろうと思った。君の存在もやはり、そんなふうに完璧なんだと思った。だから、もし君が自分のことを足りないと思うなら、そのたびにそうじゃないと、君は満ち足りていると言ってあげられる人になろうと決めた。あのとき、君のつむじを眺めながら。君からの連絡が途絶えたあと、そしてもう僕に連絡してこなくなってから、僕が一番耐えられなかったのは、君の不在や沈黙じゃなく、君にそんな慰めの言葉を、君を慰める行為を、そうだ、そうじゃないと言い、撫で、さすり、抱きしめ、口づけする、そのあらゆる人間的な慰めをしてあげられないという、まさにそのことだった。心の中で誰かの安寧を祈るなんてのは、追悼碑の前に立つ政治家なんかに似合うのであって、フラれた男には全然似合わないと、今なら分かる。いつしか僕は君を慰める人じゃなく、憎む人になっていた。それが僕にとっていちばんの苦痛だった。だけど、今は憎悪はもちろん、そんな苦痛さえ過ぎ去ってしまうことに、ただ驚くばかり。過去のものになれば僕らはちょっとは変わるだろう。でも、そのちょっとで僕らは互いに見知らぬ人になるんだ。

憎悪はもちろん、苦痛さえも過ぎ去るだけというユウイチの言葉は正しかった。最後にもう一度ユウイチのメールを読んでから、あなたはメールを削除しようとごみ箱のアイコンを押す。そのとき、ちょうど削除の完了を知らせるように、音が鳴る。画面下にあるメールのアイコンには、一通の新着メールが届いた印として数字の1(いち)が出ている。あなたは受信トレイの一番上を見る。そこには〝こんにちは、チョン・ヒジェさん。私はキム・ジフンと申します〟という件名のメール。件名をクリックすると〝私を覚えていらっしゃいますか?〟という文が目に飛び込んでくる。あなたはそのメールを読む。読みおわってから、すぐまた上に戻り、あなたはもう一度、今度は一文字一文字ゆっくりと読む。誰かが自分の知らないことを知っているのにあなたは戦慄する。とりあえず、あなたはそのメールに返信する代わり〝新規作成〟をクリックして、サンフランシスコのエージェント宛に新しいメールを作成する。

　ダッカにいると、日に何度もＴシャツがずぶぬれになります。午後になり、雨の時間になると、ノアの方舟が思い出されるほど降り注ぎます。雨音のせいで会話が不可能なほど。バングラデシュは水の国だと聞きました。国土の大半が低地帯で、雨が降るたび地図を直さなければならないとも。乾季のバングラデシュと雨季のバングラデシュはそれぞれ別の国のようです。

　ですが、個人の不幸は雨季も乾季も同じです。ここ、バングラデシュで、数多くの個人的な、私的な不幸に出会いました。不幸は太陽にも似て、雲や月にしばらく遮られても、彼らの生から完全になくなることはありません。そこに常に太陽があるのを受け入れるとき、私たちはそこに常に太陽があるのを忘れるのです。彼らも同じことを考えていると思います。自分の不幸を全身で抱えるとき、その不幸は消えるのです。神の恵みがないなら、私たちにとってそのやり方が全てです。

　中断していたプロジェクトを再開することにしました。物語は最後まで読まれるのを切望しているのに、このプロジェクトこそがそんな物語な気がします。私は自分の母を、彼女の苦しみを、絶望と孤独を受け入れるため、今一度頑張ってみるつもりです。

それゆえ、私の次の行き先は、韓国の鎮南(チンナム)です。

私たちの愛の談話、略して〝私たちのあいだ〟

私たちがどうやって再会したか、あなたは知ってる？　覚えてる？　あなたを最後に見た日から二十四年、私たちが再会したとき、あなたは子供のころ、私が覚えている姿そのままでうずくまり、目を閉じていた。墨色で真っ暗な場所だったけど、あなたのやせた身体からは柔らかな光が出ていて、あなたの周りだけ水の色が明るかった。見てすぐあなただと分かった。白い顔と血の気のない唇。しわ一つない顔は、大昔に沈没した陶磁器のようにすべすべ、水草のように長い手足は、水の流れに従って左右に揺らめいていた。この場所で私はどれだけ長くあなたを待っていたか。光も、時の流れもない沈黙と暗黒の海の中、ただあなたが戻ってくるのを。そしてついにあなたが私の前に現れたとき、私たちは再び一つになれた。二十四年前がそうだったように。ちょうどそのとき、一人の男が泳ぎながら私たちに近づいてきたの、覚えてる？　彼は今、あなたにそのときの話をしているのだけど……。

「たった一度だけ水死体の捜索をしたことがあります。そのときの先輩ダイバーの忠告によれば、絶対に正面を見ず、わき目で捜索しろと。死体と目が合ったら、一生その霊がついてまわるんだそうで。でも、そのときはなにせ余裕がなくて、せわしくあちこちライトで照らしてたら、ヒジェさんとばっちり目が合っちゃったんです。ふう、助かったからよかったものの、危く僕らは一生一緒に暮らすはめになるとこでした」

　鎮南海苔巻き（チンナムキムパプ）近くのカフェ・ベニス、あなたは正面で笑うジフンの顔を眺めている。そのときが初対面だったとはいえ、あなたには海の中で彼に会った記憶がない。代わりに彼じゃない別の誰かと会っていたのだが、そのことは言えず、口をつぐんだまま座っている。花火が弾ける遊覧船でユウイチにプロポーズされたあと、あなたは突然の幸せと突然の不幸の板挟みになり、既に我を失っていた。思い出されるのは胸を押す手。痛いほど胸を押され、声を出すはずのあなたは、ただ咳きこんでしまった。喉が焼けつき、口の中はしょっぱかった。周りがとっても明るく、目を開けてみると、遊覧船からボートに向かってサーチライトが照らされていた。あなたを囲み、立ったり座ったりしていた、黒いダイビングスーツ姿の人たちが右手を挙げ、その光をさえぎりながら我先に、明かりを消せと叫んでいた。

まもなく巡視艇がけたたましいサイレンを鳴らして近づいてきた。しかし、あなただけは死人のよう、胸が痛いとも、ライトを消してくれとも言えず、全身びしょぬれのまま、ぐったりと横たわり、これまで生きてきた中で、勇気を出して何かをやりきった瞬間を思い出していた。それからがばっとその場で起き上がり、周囲の男たちを驚かせたのだ。彼らがぐずついている隙に、あなたは再び海に跳び込むしぐさを見せた。だけど、跳び込むより先に、ジフンがあなたを手繰り寄せた。船べりに倒れたまま、あなたは悲鳴を上げてばたついていたけれど、ジフンはあなたにしがみついて放さなかった。死のうと思ってた海に跳び込もうとしたんじゃなかったのに……。

「ミヨンさんとはまだ仲直りしてないの?」

あなたがジフンに尋ねる。彼は意外な興味に心地よく驚いたというていで、満面の笑みを浮かべながら答える。

「まだ電話に出ません。でも、僕の心の声は聞いてるんじゃないかな? 来月になったら、もう入隊なのに、それまでにより**が**戻るか分かりません。入隊したら余計嫌いになることもありますよね」

彼はあなたがダッカにいるとき受け取ったメールの出だしに、彼女のことを長々と書いていた。ミヨンというその彼女は、動物たち、中でも猫とはほぼ完璧にコミュニケーションを取れるという。だけど、ソウル出身の彼女と鎮南出身の彼は、お互いの言い回しを聞き取れなくて言い争うことが多かった。彼がメールに書いた、二人が別れることになった理由は、あきれるほど些細なものだった。口論の末、彼は「ああ、いつも見る目がなかったのさ。ホント、いつも見誤ってたのは僕だった」と言ったのに、彼女は目をむいて「私のこと見誤ってたってどういう意味？　私のどこが気に入らないって言うのよ」と反撃してきたのだ。もう会うまい、という言葉とともに別れたあと、下宿に帰るバスの中で彼は気がついた。自分たちが間抜けにも方言のせいで別れたことに。自分は〝いつも（ヌル）〟と言ったのに、彼女は〝君を（ノル）〟と聞いていた。彼女は猫の言葉まで聞き取るのに、彼氏の方言だけは聞き取れなかったのだ。

彼はメールにこう書いていた。〝だから急いで彼女に電話して、そのことを知らせようと携帯を出しかけて、またポケットにしまいました。方言のせいで別れる恋人なんかこの世にいないとそのとき気づいたからです。鋭い気づきが胃と肺のあいだにぶすっと刺さって、肋骨を疼かせているようです。それからというもの、僕は暇さえあれば、海に入りました。そうして夏休み限定でスキューバダイビングのインストラクターになったんです。海に入ると、みんな手信号をするだけで、しゃべる人はいません。言葉がないから、お互い誤解もありません。僕は海の中が好きです〟。メールは次のように続いていた。

夜間ツアーがない日は決まって僕は釣竿をスクーターに載せ、防波堤の先、赤い無人の灯台まで行きます。灯台のふもとにスクーターを止めたあと、テトラポッドに降りて、ラジオを聞きながら、釣り糸を海に垂らします。ツアーに出ると、お客さんのために牡蠣だホヤだクジメなんかを採ってきたりもしますが、もとより釣りは楽しむほうでも、上手なほうでもありません。太公望をご存知でしょうか。昔、中国に歳月を釣るといって釣りをする人がいたんですけど、僕が毎晩、家に帰らず、釣りする理由もそれと似ています。もう休学したし、じき兵役令状が来るはずで、僕は入隊します。男に生まれて祖国のために青春を捧げるのはちっとも怖くありませんが、令状が来るまでひたすら待つのは、頭がどうかしそうです。軍隊が二十四時間営業のコンビニみたく、行きたい時間に行けたらどんなによいでしょう？　とにかく今日は令状が届いたか気になって、あまり家に戻る気がせず、夕方から釣り糸を垂らして座っているんです。

　そうやって座っていると、ヒジェさんもよくご存知のあのダサい遊覧船が、去年のクリスマスのあと誰かが海に投げ捨てた巨大なツリーみたいに、ぐるぐる巻きの電飾をアホみたいにちらつかせながら、港を出ていきます。季節によって遊覧船の出航時間は変わりますが、だいたい日没時間に黒砂沖(コムモレ)に着くのは変わりません。最近は日没がだんだん遅くなって、七時半くらいにやっと日が暮れます。日が落ちると、遊覧船はまた鎮南港へと戻ってきますが、目を閉じていてもその気配が感じられます。なぜならフィリピン人女性の歌うアバが防波堤まで聴こえてくるからです。そのあとは、まぁご承知の通り。東の先まで行ったあと、また防波堤のほうへ戻ってきて、どーもお騒がせしてすみませんでした、てな感じで明かりを消して、ひょろひょろと花火を数発打ちあげるんです。いくらプロポーズタイムだからって、ホントにそのときプロポーズする人がいるなんて、ヒジェさんを助けてはじめて知りました。(・.・;)

　花火が点々と落ちつつ暗闇へ消えたら、やっと鎮南港に夜の静寂が訪れます。もうラジオに耳を傾ける時刻くらいになっているでしょう。毎晩九時になると、鎮南ラジオ局が〝風の言葉アーカイブ〟との共同制作番組〈私たちの愛(あい)の談話(だんわ)〉、略して〝私たちのあいだ〟をやっています。海では風向きや風力、波の高さといった海上予報をちゃんと知っとかなきゃならないので、いつもラジオに耳を傾けます。そうして、たまたまその番組を聞いたんですが、これがまたおもしろいたらありゃしません。いや、おもしろいというか、彼女と別れた苦しみの中で入隊を待つばかりの僕の心を、その談話が慰めてくれるのです。番組で紹介される話は、これまで風の言葉アーカイブが収集したものだそうです。そうやって毎日番組を聞いてると、世の中には本当にいろんな愛があるわけで。まるで恋人たち全員に、それぞれ一つずつ愛があるようでした。もちろん、二人が奇跡的に出会って不可抗力的に愛に落ち、この上ない幸せに浮かれる出来事の無限リピートという点は同じでしたが。

そうやって毎晩九時に〝私たちのあいだ〟という、手足がかゆくなるようなタイトルの番組を聞いてみたら、結論は、どんな恋人たちも最終的には別れるようになっている。人は別れるために愛に落ちると言っても、別れる恋人がいなかった瞬間は有史以来たった一度もないと言ってもよさそうでした。もちろん、僕の意見ですけど。じゃあ、何ですか？　この〝私たちのあいだ〟というのは？　つまるところ、私たちのお別れのおはなし、すなわち〝私たちのおお〟なわけです。何か話を切り出そうとするように、語尾を伸ばしながら、私たちのぉぉ……。真っ暗な夜の海に釣り糸を垂らしたまま防波堤に寂しく座り、とても語りつくせない、てな感じで〝私たちのぉぉ〟とつぶやく二十三歳の心身ともに健全な男を想像してみてください。どう思われます？　世の中にこれ以上すさんだ光景はあるまいと思われたなら、僕は慰められます。彼女と別れたのは僕だけじゃないということに、いや、男はみな生まれてどのみち一度は好きな女性と別れるということに、僕は慰められるんです。

ところである日、番組を聞いてると、ゲストに風の言葉アーカイブの館長が出てました。風の言葉アーカイブは、一種の物語博物館、鎮南を背景に伝わるいろんな話を収集して展示している空間だと言っています。曰く、愛の談話を書いて番組のホームページ、私たちのあいだ掲示板に載せれば、番組で紹介し、風の言葉アーカイブでも永久保存するそうです。そう聞いて、僕もみんなに自分の話を聞かせたい、そんな欲望が湧いてくるじゃないですか。偶然誰かが僕とミヨンの事情を聞き、僕が感じたのと同じ慰めを得るなら、やりがいがあろうものです。ですが、いざペンを握ると、書くことが思い浮かびません。何日も懸命に考えて、これだと思い、急いでノートに殴り書いてみたら恨みつらみばかり。読み返すと〝私たちの愛の談話〟は全然美しくも切なくもありません。僕らの愛なんて所詮(しょせん)

この程度かとも思いましたが、ではなくて、自分の文章力が美しい家を便所と描写するレベルなんです。で、分かりました。美しさは腕の問題、手腕はどう眺めるかの問題だと。なるほど。つらかったと思えばつらい文章、幸せだったと思えば幸せな文章を書くのです。以来、僕は文章を書きはじめました。

ミヨンは世界で一番かわいかったです。心より顔、顔より身体、身体より声のかわいい女性。シン・ミヨンと言えば、そよ風に乗り、どこからか甘い果物の香りがするようです。ミヨンは動物たちの声をよく聞きます。道を歩いてるときも、やれ鳥だ、猫だ、虫なんかの声を聞くのです。それを聞くと、ミヨンは必ず僕の耳元で「ねえ、今あの鳥、誰かを恋しがってるみたい」と言ったものです。なので僕は尋ねます。

「なんだってそんなことが分かるのさ」

「声が切実じゃない」

切実な鳥の声を聞き分けられる子、それが僕にとっては二人とない美しいミヨンでしたが、そんな僕らの小さく大切な愛を、天はねたんだようです。僕たちはあきれた理由で別れました。まぁそれが方言のせいですが……。だったら、鎮南出身者はどこで愛をささやけばよいのだ？　別れてしばらくは、そんなことを考えました。ミヨンは虫の声まで聞き取れるというのに、どうして僕の言葉は聞こえるがまま素直に聞いたんだろう？　急にやりきれなくなりました。なぜなら、いつだったかミヨンに「あなたは獣よ」と言われたことがあったからです。自分は動物の言葉を全部聞き取るくせに、なんだって僕の言葉だけは、自分から獣だと言った人の言葉だけは聞き取れなかったのか……。

ひとたび手が解放されると、文章はすらすら書けました。僕は一晩で五枚にもなる投書を書いたあと、ネットカフェで整えてラジオ局の投稿掲示板にアップしました。放送前、視聴者が事前に読めないよう、掲示板はパスワードつきで運営されてましたが、投書を載せながら日付を見ると、二日に一個ずつアップされています。葉書や手紙で送る人もいるでしょうが、まぁこのくらいなら僕のが採用されるんじゃないか、そんな自信みたいなものもありました。もし僕のが紹介されたら、その日の番組をダウンロードして、彼女に送る気でした。そうして前のように戻れないだろうかとまじめに訊くつもりだったのです。彼女との思い出を書いてみて分かりました。僕が望んでいるのは、たった今別れたばかりの他人を慰めることじゃなく、彼女に再会することだと。

毎日、そのように投書をしていると、夜九時には必ず番組を聞かなきゃなりません。お客さんをつれて夜間ツアーに出かけるときも、必ずラジオは持参です。あの夜、海の中で何かご覧になりました？　僕は夜の海に入ると、太古の空間を遊泳しているような気がします。ライトをつけると真っ暗闇から何かが現れるのですが、そのたびに感激します。この地球という星に初めて生命が誕生した瞬間を見ているような。夜の海はそんな感動の瞬間ばかりじゃありません。プランクトンがきらきら発光するときは、よさげなナイトクラブに入った感じもします。ですが、中でも僕が一番好きなのは、三十日（みそか）前後に水の中から出るときです。空にも光がないので、ひたすら上に向かうだけですが、そのうち突然、星がすっと降り注ぐように視線に飛び込んでくる瞬間があるんです。それが水上に出たという合図。星の光が自分に向かって落ちてくるその瞬間はホントに美しい。地球に生きててよかったと思うくらいです。

　美しいものが常にそうあるように、夜間ダイビングは危険と隣り合わせです。水中にいるあいだは緊張の連続。なので帰りの船では、みな無事終了したことで気が緩むものです。終えたあとは、焼酎を一杯ずつやることもあります。たった一杯なのに達成感に酔うのか、遠く鎮南港の明かりを眺めながら歌う人もいます。大抵は舟歌です。その間も、僕はラジオを右耳に当て、もしかして自分のが出てきやしないか、気もそぞろに待つのです。数週間、実にさまざまな愛の談話が流れました。イルカ同好会で出会って愛を交したけれど、結局イルカに恋人を奪われた税理士（電話番号でも分かれば連絡したのですが）、有名な某海苔巻き屋で給仕する朝鮮族の女性をひそかに好きになり、一日三食、必ず鎮南海苔巻きで済ませていたボイラー整備士、小学一年生のときの相手と三回結婚した飯屋のおばさん、などなど。なのに、僕の話はいつまでたっても出てきません。

そんな夜間ツアーを終え、戻ってくる最中でした。ラジオをつけると、もう番組は始まっていました。その日も一杯の焼酎と夜の海風と星と雲に酔って歌います。「船漕ぎ行かん、険しき波越え、あの丘に。山河の美景、風が涼しき、希望の国へ」。この歌、ご存知ですか？　そのあとは「帆をかけよ、風受け、波越え、いざ行かん」で、「自由、平等、平和、幸福満ちたる希望の国へ」、とまぁこう続くのですが、みな興が乗ったのか、ずっと「自由、平等、平和、幸福満ちたる希望の国へ」を繰り返すのです。その馬鹿馬鹿しい自由と平等と平和と幸福のおかげで、ラジオがよく聞こえません。ただ、いくら聞いても僕の投書じゃないからラジオを消してしまおうと思ったのに、こんな話が聞こえてくるじゃないですか。

「あのとき誰もが子供の父親は彼女の兄だと信じていました。だけど私だけはそうじゃないと分かっていました。なぜならあのときの私は、鎮南の海に身投げして死んだその子を愛していたのですから」

短く四回、長く三回、短く長く長く短く、短く一回

あなたはジフンの青いスクーター、ホンダ・トゥデイにぶら下がるように乗っている。一人乗りのスクーターだから、ジフンにぴったりしがみついてないと、あっという間に落っこちそうだ。月の光に染まった雲が、白いボールが転がるように空を漂う夏の夜。今、南から台風九号〝蝶(ナビ)〟が北上してるから、もう波が高くなってると言ったあと、台風が抜けきるまで海に入ることもなし、当分は暇だろうね、とジフンはつけ足す。そこはかとなくあなたに好意を示したものだったのに、韓国語六級課程を修了したとはいえ、あなたが鎮南弁のそんなニュアンスを理解するのは容易でなく、あなたは彼がダイバーとして悪天候を心配しているんだと思う。

あなたたちはスクーターで刺身屋通りを通り過ぎる。乾物屋でビニールに包まれて吊る

されたイカが、白熱灯の明かりにきらめく。西の空はまだ帳が下りきってもいないのに、酔っ払った観光客が数人、千鳥足で歩いている。スクーターは刺身屋通りを抜け、海岸に新しくできた大型駐車場の脇へ出る小路をゆっくり動く。あなたはジフンの腰をつかんだまま、体をひねり、静まり返った内港の向こう、遠くに煌々（こうこう）とする鎮南市内を眺める。その路でスクーターは左に向きを変え、防波堤の上へとのぼる。埠頭の明かりがくっきり照り返る内港の波と違い、防波堤に積まれたテトラポッドには白波が押し寄せている。まだ東シナ海の向こうにある台風の圏内に入ってはいないはずなのに、夜の防波堤は風が吹いている。

　メールで言っていた赤い灯台の横にジフンはスクーターを停める。彼はスクーターの荷物入れから携帯マットを取り出し、防波堤の片隅に広げる。言われるまま、あなたがそこへ座ると、ダウンロードした番組ファイルの入った携帯を取り出し、あなたに渡す。

「今日は釣りしないの？」

　あなたが尋ねる。

「今日はヒジェさんもいるからね」

　すると、ジフンは何か言いたげに口を開けて考え込む。

「ヒジェさんは八七年生まれでしょ？　僕は九十年生まれなんだけど。だから、姉さんて呼ぼうか？」

「どうして？」

「年上だから」

「好きにして。どっちでも気にしないから」

「あー、ダメだ。普通にヒジェさんって呼ぶよ。よーく考えたら、ダメですよ」

「はぁ、ご勝手に。これ、どうやって聴くの？」

ジフンがあなたから携帯電話を受け取ると、番組のファイルを再生させる。するとすっかり帳が下りた海にE.L.Oの〈Midnight Blue〉が流れ出す。

「台風はいつごろ来るの？」

ジフンにあなたは尋ねる。

「今、フィリピン海上を北上中だから、ここに来るまで三日とかからないいんじゃないですか？　でも、三日後にその台風がまっすぐこっちに来るか、でなきゃ孫敏漢が投げるボールみたいに、日本か中国のほうに曲がっちゃうか、誰も分かりません。大抵は日本のほうにすっと折れるんです」

「じゃあ今回も日本のほうに折れそうね」

「ところが今回はこっちに来るんです。ただの勘ですけどね。この夏はあまりに雨が降らなくて、みんな梅雨もない、台風も来ない、と言って過ごしてます。雨よ、来いって雨ごいしたから、フィリピン海に集まった水蒸気爆弾が今回は炸裂するんです」

「あんなに水があっても、雨ごいするのね」

「海水と雨水は一緒じゃないですよ……」

あきれたように、ジフンがあなたを顧みる。ジフンのよどみない話し方があなたは気に入っている。暗示や比喩の影が全く見えない、白日の下にさらされた言語。あなたたちが話しているあいだに音楽は終わり、ＤＪが投書を読みはじめる。


鎮南造船所に勤める父親が死んだあと、ジウンは言葉を失ってしまいました。放課後、私は自分が顧問をしていた図書室にジウンを呼び出して言いました。君が何を目撃したのか、それになんでしゃべれなくなったのか、分かってる。僕は担任として最大限、力になりたい。いや、担任でなくても、僕には力になってやる義務がある。そう言いました。人の話を聞いているのかよく分かりません。なので私はその子の手を取り、両目を見つめました。ねえ、聞いてる？　そう訊いても、私から目をそらすばかり、返事はありません。私はその子の手を取り、もう一度言いました。僕は君の力になりたいだけだ。君がまた前のようにかわいい溌剌（はつらつ）とした少女に戻れるように。私の切なる思いにもかかわらず、ジウンは依然と返事をしません。私はその子が本好きだと知っていたので、図書部に入部させました。学校には図書室も、図書部もありましたが、これまでは顧問がおらず、生徒同士で読書会と物書きをする消極的な部でした。なので図書部を本格的に運営するとなると、やることは一つ二つじゃありませんでした。だから毎日ジウンを図書室に呼んで、一緒に掃除し、本棚の整理もしました。私たちがいつから一日一編ずつ詩を読みだしたか覚えてませんが、たぶんそのなりゆきで読むことになったんだと思います。はじめは読んであげようと思って読んだのではなく、図書室の整理をしている最中、古い本棚に徐廷柱（ソジョンジュ）の詩集を見つけ、気がつくと声に出して「蓮花に会って行く風のごとく」という詩を読んでいたのです。

名残惜し、

だが
心底名残惜しまず
それとなく名残惜し

別れなり、
だが
永遠(とわ)に別れず
来生にでも
再会を期す別れなり

ここまで読んだとき、ジウンが近づいてきて私をじっと見上げます。ん？　どうした？　すると無言でかぶりを振るのです。何だろうと思い、そのまま詩を読んでくれ、だと気づき、続きを読みました。

蓮花

会いに行く
風でなく
会って行く風のごとく……

数日前
会って行く風でなく
一、二季前
会って行く風のごとく……

これが発端でした。この子が詩に興味を示すと知って、私は毎日午後、詩を読んでやりました。本棚から詩集を見つけては、手当たり次第に読みました。金宗三（キムジョンサム）の「スワニー川とヨダン川と」、李箱（イサン）の「こんな詩」、朴木月（パクモグォル）の「閏（うるう）四月」、金永郎（キムヨンラン）の「果てしなき河の流れ」、尹東柱（ユンドンジュ）の「星数ゆる夜」、金洙暎（キムスヨン）の「雨」などなど……。そんなある日のことです。学校の裏山のアカシアの香りがいまだ鮮やかに思い出されることからして、八六年の五月だったと思います。一編の詩を読みおえて、印刷されている文字の凹凸（おうとつ）を指先でなぞろうとしたとき、突然「この蝶は海を越えていくみたい」という声が聞こえたのです。詩集を下ろすと、ジウンの顔が見えました。ついに話しかけてくれたのです。教師としてこのときほど嬉しかったことはありません。そのとき私たちが読んでいた詩は……

続きはあなたも一緒に言う。そして私も。

「金起林（キムギリム）の「海と蝶」でした」

あなたは「誰も水深を教えたものがないので／白い蝶は海の懼（おそ）れをまだ知らない」というフレーズを口ずさむ。私もあなたと一緒にそのフレーズを諳（そら）んじる。すると、かれこれずっとテトラポッドに寝そべって空を見上げていたジフンが叫ぶ。

「おや？　それ、いつ聞いたんですか？」

「えっ？」

「一度最後まで聞いたんじゃ……」

「いえ」

「なのに、どうしてその人が何と言うか分かるんです？」

「うちのママの話だからよ」

あなたが言う。うちのママの話だから、と。その言葉を私が聞く。そう。これは私の話。だから私の話をもう少し聞いてみよう。ねぇ。私より七つも年上の我が娘(こ)よ。

徐廷柱(ソジョンジュ)の詩のおかげで私がまた口を聞きだしたというのはその先生の思い違い、しいて言えば、エミリー・ディキンソンの詩のおかげ、が正しい。私がチェ先生に最初に聞かせたのは、二年前、つまり一九八四年の六月、家の窓を開け、生まれて初めてヘリコプターを見上げた記憶。警察のヘリが造船所上空を旋回し、下には黒煙が上がっていた。前日、工場に行って親父と会ってくる、と出かけた兄は、明け方になっても戻ってこなかった。何があっても家から出るなという兄の言葉が思い出されたが、私はどうなってるのか気になってしかたなかった。

造船所の正門前まで行ってみると、道路は消防車と救急車とパトカーがもつれ合い、戦争でも行なわれているようだった。私は茫然自失な表情をした人々のあいだをさまよいながら、知った顔を見つけて「おばさん、うちの兄さん、見ませんでしたか？」と尋ねた。

するとその顔は、魂が抜けたように私を一瞥すると、違う方向へ行ってしまった。正門の向かいの歩道には野次馬が群がり、消防士らが黒煙に向かって放水する光景を見守っていた。私は一人の中年男性に、あの黒い煙は何かと尋ねた。彼は私に見向きもせず、「ひでー火事だ。もう何もかも取り返しがつかん」と言った。取り返しのつかない炎……、黒煙を眺めながら私は思った。そのとき男が何か言った。

「えっ？　今何て？」

私が言った。

「あんたの親父(おやじ)さんもあの中にいるのか？」

彼が訊きなおした。

私はかぶりを振った。父があそこにいないという意味ではなく、いなかったらいいのに、という意味だった。

「生活館に籠城してたやつらはほとんど警察に連行された」

だが、私の表情から大方を察した男は、愚痴をこぼすように言った。

「その中に親父さんがいたなら、近い将来、監獄行きだろうが、いずれにせよ死にゃせんよ。だけど、もし親父さんが四階に上がっていった連中の一人なら話は別だ。もし今回の籠城に深く関与していたら、四階に上がったはずだ。親父さんはどっちだ？」

　私は答えられなかった。

「もしそうだったら、今ごろこの世の人じゃなかろうなぁ」

　その言葉にぎくりとした。父がどっち側か、当時の私に分かるはずがない。私にとって父はただの父だったからだ。私の顔が蒼白するのを見ながら、彼は言った。

「だけど、あんたの親父さんがあの人だったら、話はまた変わってくる」

　そう言って彼は正門の先に見えるタワークレーンを指さした。

「あの人は昨夜、生活館をひとり抜け出して、タワークレーン、あそこにのぼったって言うから、あそこにいるのが親父さんなら、まだ死んでないさ」

　私は男が指さすタワークレーンの上を見つめた。遠くに一人の姿が見えた。父かどうか、すぐには判別できなかった。最初は黒煙のあがる生活館のほうを見ていると思ったが、よくよく見ると彼はうなだれていた。

「下を向いてて、よく分かりません」

　思わず私は言った。

「さっきから俺らもずっと見てんだが、あの人はうなだれてるんじゃない。泣いてるんだ」

男と別れ、正門前の通りをきょろきょろしていると、やっとのことで兄を見つけた。兄の髪はぼうぼう、服は真っ黒でしわくちゃになっていた。

「なんで学校に行ってないんだ？」

私を見るなり、兄は声を上げた。

「お兄ちゃん、その顔、どうしたの？　けがしたの？」

兄は頬に一度触れ、その手のひらを見つめた。

「みんなが戦闘警察と衝突してるとき転んだんだ。夜通し大変だった」

「ところでお兄ちゃん、あのクレーンの上にいる人……」

「親父だ。昨日の晩、あそこにのぼっていった。幸い、警察もあそこまではあがれない」

兄は声を落とした。私は手を叩きながら、ぴょんぴょん跳びはねた。

「やめろ。喜ぶな。生活館に火の手が上がったあと、親父があそこにのぼったって知った。何人焼け死んだか分からない。みんな悲しんでる。今は喜ぶな。考えろ。親父のことを考えろ。油断するな。親父があそこから無事降りてくるまで、油断は禁物だ。最善を尽くすぞ。親父が降りてくるまで」

その日、未明の空を丸焦げにせんと燃えていた黒煙は、時間とともに、次第に収まった。

生活館に籠城していた労働者らを全員連行したあと、警察は遺体を収容し、現場を保存するため、造船所の出入りを規制した。午前中までは、父がいるタワークレーンすらも鎮圧する勢いで戦闘警察がその下に集結していたが、正午を境に、兵力の大半は造船所から出された。戦闘警察が造船所から出てくると、野次馬はみな何事かといぶかしがった。

「もう残ったのはあの人だけだから、自分の足で降りてくるまで待つつもりだな」

誰かが言った。

「できるか？　自分のせいで四人も死んだのに？」

別の誰かが言った。

そして午後になると、野次馬たちも一人二人と掃けはじめた。タワークレーンの向こうへ赤い陽が沈むころには、私たち兄妹と数人の地元住民だけが父を見守っていた。そのときもまだ父は生活館のほうを向いてうなだれていた。夕陽を背景に父のシルエットは、今にも消えそうなほどかすかだった。父はじきに消える人のようだった。そのころ、警察署に連行され釈放された従業員たちが、一人二人と正門前に集まりだした。もう家（うち）で待ってなさいと言ってくれるおじさんもいたけれど、私たちは一歩も離れられなかった。兄と私は手を取り合った。最善を尽くさなきゃ。私は思った。

しかし、兄の表情は帳が下りる海のように暗くなりはじめた。ちょっと家に行ってくる、兄はそう言うと、夕暮れの通りを駆けていった。私は一人、この間に父さんに何かあったらどうしよう、怖くなった。青い夜が訪れ、私の怯えと父の寂しさを覆った。父の姿はだんだんかすれていった。息を弾ませながら戻ってきた兄の手には懐中電灯があった。

「懐中電灯？」

私は訊いた。

「これで親父にモールス信号を送れる」

「父さんはモールス信号知ってるの？」

「知ってる。昔習ったって言ってた」

兄が断固として言った。だが、父が今もモールス信号を解読できるかどうかは重要でなかった。私たちに重要なのは最善を尽くすこと。兄は本を見ながら諳んじたあとに「短く四回、長く三回、短く長く長く短く、短く一回」とつぶやきながら、電灯の入・切を数回繰り返した。兄がタワークレーンに向かって何度か照らすのを見ていた私は電灯を奪い取った。兄が言っていた言葉を暗誦しながら、私もつけたり消したりを繰り返した。

短く四回、長く三回、短く長く長く短く、短く一回。

見たかな？　私は思った。

もう一度。

短く四回、長く三回、短く長く長く短く、短く一回。

今度は見たかしら？

「これ、どういう意味？」

私は兄に訊いた。

「H・O・P・E」

「希望ね」

その夜、私たちの希望は、父がその高いクレーンから降りてくることだった。もちろん生きて。けれど、その希望は叶わなかった。

過ぎ去った時代に、黄金の時代に

あなたはジフンのスクーターの後ろに乗って鎮南女子高まで行く。昨日より風は強くなった。この一晩で、吹きつける風の間隔がどんなに狭まったか、あなたは目を見張るほどだ。スクーターは鎮南女子高の校門を入り、一気に坂を駆け上がる。夏休みのほぼ終わりごろ、校内は静まり返っていた。あなたたちはまず校長室に行ってみるが、ドアは閉まっている。職員室に行くと、三人が座っていた。そのうち、ドアの一番近くにいた若手教師があなたたちに近寄り、何か？　と尋ねる。あなたはチェ・ソンシクという先生がまだ鎮南女子高に在職しているか訊く。彼は首をかしげると振り返り、他の教師に叫ぶ。

「今度、選挙に出るチェ・ソンシク先生、うちの高校出身ですよね？　この人たち、チェ先生に会いたいって来てるんですけど？」

すると、今度はもう少し年配の男性がのそのそと椅子から立ち上がり、あなたたちのところにやってくる。

「チェ先生に会ってどうするおつもりかな?」

頭が半分くらい禿げあがった彼からは、中年男性特有の偉そうな態度が感じられる。

「確認したいことがあるんです」

「記者ですか?」

彼はジフンとあなたを交互に眺める。

「取材中です」

あなたはまよいながらもうなずく。

少なくとも嘘はついていないとあなたは思う。するとその男性の声色と態度が変わる。

「チェ先生はもう随分前、教育委員会へ異動されたのに、ここへいらっしゃったんですか? もしかして……」

彼が言葉尻を伸ばす。だが、それ以上言わない。

「チョン・ジウンという生徒について……」

そこまであなたが言ったとき、彼はあなたの言葉をさえぎる。

「そんなことだと思いました。もうその話はやめにしましょう。チェ先生のみならず、うちの学校の名誉までも著しく毀損するネガティバーです」

彼の言葉をあなたは全く聞き取ることができない。

「ネガティバー？」

あなたは正直に訊ねる。顔をしかめた男はすかさず表情を明るくしながら言う。

「ネガティバーも知らずに記者ですか？　ライバル候補をけなすこと、ご存知ない？」

「けなす？」

またあなたは訊ねる。すると横で二人の会話を聞いていたジフンが前に出る。

「選挙のとき、ライバル候補の隠れた不正みたいなのを暴露することだよ。ネガティブ・キャンペーン」

だとしても、全てが明白になったわけではない。

「選挙の話がどうしてここで出てくるわけ？」

あなたはジフンに訊ねる。

「教育長選挙の件でいらしたのでは？　記者じゃないんですか？　道理でちょっと変だと……」

「私は記者じゃなくて、自分の出生過程について本を書いているんです。カミラ・ポートマンと申します。もとの名前はチョン・ヒジェです」

そのとたん、彼は短いため息を吐く。

「ああ、やっと分かった。どこかで見覚えがあると思ったが。この春来てた養子の子か。だったら、私から言うことは何もないですな」

あなたがアメリカから母親探しに来ていた養子児、カミラ・ポートマンだと明らかになるや、職員室にいた三人の教師は口をつぐむ。チョン・ジウンの話はネガティブ云々と言っていたその中年教師は、いやしくもあなたの前で唇をジッパーで閉めるまねまでして見せる。一方で、自分たちはひそひそ話をする。噂はアメリカまで広がったみたいだな。人の口に戸は立てられぬと言うからね。近頃はＳＮＳが発達してますから、数時間あれば地球の裏側まで広がるんですよ。

「校長先生と連絡を取る手段はありませんか？　あの人なら、私を手伝ってくれると思うんです」

「あの人はあの人。何か手伝ってくれるって？」

中年教師が言う。すると隣にいたジフンがあなたの腕をつかんで引っぱる。

「何？」

「僕、知ってる。その先生、今どこに行けば会えるのか」

　すると、急にあなたの声が大きくなる。

「知ってるならなんでもっと早く言ってくれないのよ。私だけ除け者にして、みんな知ってるくせに仲間内でくすくす言うのね。どうして？　これが鎮南の風土？」

　三人の教師があなたとジフンを見つめる。

「あなたたちもよ！」

　彼らに向かってあなたが叫ぶ。彼らはじりっと後ずさる。

「僕も今思い出したんだ。その名前、どこで見たのか。ごめんね。もっと早く分かってたら、こんなとこまで来なくてすんだのに」

　ジフンは本当にすまなさそうな表情だ。あなたは振り返り、各自の席に散った教師たちを一人ひとり睨みつける。あなたたちは職員室を出て、スクーターを停めてあった本館前まで歩いてゆく。ヘルメットをかぶりかけて、あなたはふと本館前の花壇が変わっているのに気づく。春に見たツバキがすっかりなくなり、枝だけの、背丈の低い苗木のみ。誰かが故意に痕跡を消そうとしているとあなたは考える。それが誰かは大方察しがついたが、なぜそこまでしなければならないかは分からない。シン・ヘスクはなぜあのツバキをなくさないといけないのか？

スクーターの後ろに乗り、あなたはエリックから送られた箱に手を入れて、たまたまツバキの前で私と撮った例の写真を取り出したときのことを思い出した。それまであなたは母親の顔を知らずに育った。もちろんあなたにもアンはいた。だけどアンの顔には、他の少女たちが母親の顔を思い浮かべるとき感じる感情のようなものはなかった。アンは唯一無二の友だちみたいな存在だった。だけど、母親は自分と人生がかなり重なる、友だち以上の存在でなければならない。そんな存在をあなたは思い浮かべられなかった。だから、父親の顔など、考えたことさえ、あなたはなかったのだ。エリックは金髪に青い瞳の鷲鼻で、オランダ人を見ているようだった。どんなに深刻な状況でも冗談を口にできるのが一番の長所であり短所でもある人にとっては、実にぴったりな顔だったが、一重まぶたの細い目をした子の父親というには厳しかった。

母親似だとしたら、鏡を見ながら年取った自分の姿を想像すればよかったが、父親の場合は見当もつかない、とあなたは思った。髪を短く切り、鼻の下にひげをつければ、父親に似るのだろうか？　もちろんそんなことをしても父親の顔になるはずはなかった。そうして、鎮南女子高前の三叉路の角に貼られた、道教育長補欠選挙立候補者のポスターで、チェ・ソンシクの写真を見ながら、あなたは父にも顔があったなら、ちょうどあんな顔だったろうかと思う。額に二本ほどしわが刻まれた初老の男性。韓国に来てから、無数にあなたのそばをすれ違ったような、韓国の旧世代男性に典型的な謹厳な顔。笑顔やユーモアとは全く無縁なその深刻な表情は、固く閉ざされた扉のように感じられる。あなたはその表情と向かい合う。

インターネットでチェ・ソンシクを検索しながら、あなたは職員室の男性教師らが、暇つぶしのピーナッツのように咀嚼(そしゃく)していた〝チェ先生〟に関する〝ネガティバー〟が何だったのか知る。最初は〝二十四年前に自殺した教え子が語るチェ・ソンシク候補〟という刺激的なタイトルで、道教育委員会ホームページの自由掲示板の情報共有に挙がったあと、即刻削除されたらしい。だがウェブの性格上、ひとたび掲示板に載ったが最後、その内容をこの世からきれいさっぱり消す方法はなかった。すぐに別の教育関連サイトの掲示板にこの文章がコピーされはじめた。あなたは〝正しい教育のための父兄の会〟というサイトでその文章を見つける。はじめに投稿者は〝全教組との関係性や北寄り団体への積極的支援など、この人物が果たして教育行政者として健全な思想の持ち主なのか調べるのも大事だが、対立候補を不適だと糾弾できるほど、自身は道徳的に完璧なのかから私は問いたい。この文章を読んでからも、三百三十万の道民が、この人物を我が子の未来に責任をもつ道教育行政トップに就かせるのに同意するなら、異議申し立てをせず、私は喜んで彼を教育長として受け入れる〟と、文章を挙げた理由を明かしていた。引き続き、二十四年前に自殺したある女子生徒が残した手紙から加筆修正せずそのまま転載したと述べつつ、〝チェ・ソンシク先生が私を遠ざけたのは、先生と私がつきあっているという噂が学校じゅうに広まったからだった〟で始まる原文を添付していた。

ある日、家庭科の先生がうちのクラスで授業中、みんなが回していた紙切れを押収したの。そこには数日前の放課後に、ドイツ語の先生と私が図書室でキスする場面を目撃したという内容が書かれてあった。授業を終えたあと、家庭科の先生は校長にその紙切れを渡し、先生は校長室に呼ばれた。校長はこう言ったそう。女子高に赴任した独身教師は、不注意からかわいい女子生徒に手を出す失態をよくしでかすけれども、誰が誰に目をかけているかは、どんな形であれ、職員室じゅうに知れ渡るようになっている。だから誰も知らないなんて思わずに、格段の注意を払っていただきたい。けれどそう言いつつ、校長はそれがたいしたことじゃないように、過去、自分が目撃したいくつかの事例や、教師の会合などで人づてに聞いたことを話しながら、暇つぶしをしたって。その間、先生の顔はだんだん上気しはじめたそう。

校長の言う通り、それは女子高で独身教師を巡ってよく起こる、誇張と悪意のある噂じゃなく、事実だったから。あの日、私たちが図書室でキスをしたのは事実だったから。だけどほんとに偶然だった。絶対に意図的じゃなく、お互いそれほど切実な気持ちがあったわけでもない。注意力散漫で道を歩きながら、たぶん泣いてたり、まぁとにかく別のことに気を取られてて、二人がぶつかってしまったみたいと言うか。だけど、今は単なるキス問題を越えたの。噂も噂だけど、先生は心変わりしはじめた。校長室に呼び出されて注意されたとたん、いっそう自分は私を愛していると信じるようになった。男性にはありうることだけれど、教師はそんなことしちゃいけないって校長に言われると、かえって反発心が起こってそれを悲劇的な愛だと思ったみたい。だからこれまで独身教師と女子生徒のあいだに起こった各種の恋愛事件に対する誇張話を、戯れに校長がしゃべりつづけるあいだも、先生は今すぐ校長室を蹴飛ばして、私のところに駆け出したい想いを抑えていたらしいの。だから校長室を出るなりまっすぐうちの教室にやってきて、私を呼び出した。私は当然、怖かった。

図書室の奥まった書架で、たった今校長室で自分が聞かされた話を私に聞かせると、どう思う？　と訊いてきた。当然、私は校長先生の言う通りだと、こんなことしちゃだめだと思うって言った。そしたら、先生の顔に失望の色がかすめるの。とはいえ、たった今注意されたばかりだったからか、すぐに理性を取り戻し、二人が近くにいるのはお互いのためによくない、と言ったの。その後、先生は私から距離を置きだした。先生から話しかけてこないので、私たちは話す機会がなくなった。そんなある日。先生に借りていた詩集を返しに職員室に行った。職員室には他の先生たちもいた。体育の先生、あと数学の先生。ところが、先生が突然、大声を出すの。制服の襟がしわくちゃだって。呆気に取られた私は「はい？　今、何て？」と反問した。すると今度は「先生が話してるのに何だ、その態度は？」って言いながら、手にしていた詩集で私の頭をとんとんしたの。とんとん。自分では痛くないようそっと叩いてるつもりだったろうけど、まるでハンマーで頭を殴られている感じだった。野蛮で汚らわしかった。

そして、先生は新しく赴任してきた英語の先生と急速に親しくなっていった。それがシン・ヘスク先生。新任の地方勤務で何かと苦労の多かったその女性教師に、彼のヘルプは大きな拠り所となった。困難のたび頼るのが習慣になると、やがて他人には隠しておきたい弱い気持ちも、次第に彼に見せるようになっていった。そんな気持ちを見せつけ合ったりしてると、これが愛かと思うこともあったはず。二人の愛はそういうふうに始まった。熱く燃え上がりも、一目惚れもしなかった。

二人が学外で一緒に歩く姿が目撃されると、校長の言う通り、それはどんな形であれ、職員室と全クラスに知れ渡った。最初は私との関係を隠すための偽装恋愛だって噂だったけど、幾許(いくばく)もせず二人が結婚を発表するや、そんな噂は立ち消えになった。代わりに私が雑巾だって噂が広まりはじめたの。私が元々不浄だから、独身教師にあんなまねをしたって。もっとひどいことも聞かされた。お金が必要になると私が男子生徒のあとをついて洋館にあがってるって。そう、おばけが出るあのおぞましい家で私が身体を売ってると。私は誰がそんな噂を流しているのか知りたかった。いったいどうして?

そんなある土曜日。図書室の奥の書庫に座って、ペーター・ハントケの『長い別れに寄せる短い手紙』を読んでると、誰かが入ってきた。誰かと思って見てみると、先生だった。

「何、読んでるの？」

私は本を裏返してタイトルを見せてあげた。

「ペーター・ハントケか」

「ご存知ですか？」

「当然。どこまで読んだんだ？」

私は読みかけのページに親指を挟んで本を持ち、読んだ分量を見せてあげた。彼はまじまじと私の指を見つめた。私は再び本を下ろした。

「そのくらいなら、〝長い別れ〟は始まってないな、まだ」

「まだ〝短い手紙〟です」

「短いとも言えない手紙だ。後ろのほうに行くと、こんな文章が出てくるはずだ。〝午前零時をだいぶ回っていた。不意に自分はもう三十になった気がした〟。大学のころ、この文章が大好きだった」

「どうしてですか？」

「なんとなく三十歳はそんなふうに迎えなきゃならない気がしてね。慌ただしく一日を過ごしてると、どうかしたらその人みたいに、自分を捨てていった女性を探して見知らぬ国をさまよいながら、ある夜、突然自分が老けてしまったことに気づくんだ。そうでもしなきゃ、どうやって三十路を迎えるんだい？」

「今でも充分老獪（ろうかい）に見えますけど」

「僕が？　まだだよ。まだ僕も二十代さ。やりたいことはたくさんある。今から年寄りぶりたくない」

彼が言った。

「結婚なさると伺いました」

私が言った。

「そうなった」

他人事のように彼が言った。

「おめでとうございます」

「うまくできてるもんだ。世の中は恐ろしい。いろんな噂が出回るんだな。みな馬鹿げてるよ」

「先生は噂が怖いんですか？」

彼は戸惑った。

「私、噂みたいなのは一つも怖くないんです。みんな、他人の心をのぞき込んでるつもりでも、そのときでさえ、自分の心すらろくに分かってない愚か者だからです。私は自分の心も分かってない人の言うことはちっとも怖くありません。その無知が恐ろしいだけです」

その間、書庫はだんだん暗くなっていった。どこからか話し声が聞こえてきた。記憶の奥のおぼろげな会話のように遠くから。ひそひそ。彼は辺りを見回した。閉まった窓から花壇の灌木が見えた。遅くまで家へ帰れずに残っている当番らしく、二人の女子生徒がおしゃべりしながら図書室のほうへ歩いてきていた。

「もうここの鍵は閉めるんだ。出よう」

空咳を一つしてから彼が言った。私は椅子から立ち上がり、ドアに向かって歩いた。

「そうだ、その本貸して。そこに僕が大学時代、曲にしたフレーズがあるんだ」

突然彼が言った。私は本を手渡した。それは〝過ぎ去った時代に。黄金の時代に。四十九年頃に〟というフレーズで、本を見なくても完璧に覚えていたが、彼は本をめくるふりをした。

「明かり、つけますか？」

私はそう言いながら、スイッチのほうへ歩いていった。

「ダメだ。つけちゃ」

彼は私の腕をつかみながら言った。その拍子に本が床にぼとりと落ちた。ちょうどそのとき、女子生徒たちが真っ暗で中がよく見えない図書室の横を通り過ぎていった。レンガ造りの本館前の木が、リンゴと言ってもよいほど、あるいは紅燈とでも呼ぶべき、赤いもの、花を、ツバキを咲かせていた季節。あまりに美しい季節だった。

台風前日の黒砂

車は鎮南（チンナム）市内を横切る。市内の道路は交通量が多く、交差点を抜けるのに、何度も赤信号で止まらなければならない。そのたびにジフンの青いスクーターは助手席に座る私の横で停止する。自分がついてきてるから安心しろとでもいうふうに、右手の親指を出してみせるジフンを見ていると、海の中で初めて会った縁の太さは、金門橋（ゴールデン・ゲート・ブリッジ）の鎖くらいはあるはずだと言っていた彼のおしゃべりを思い出す。そう何度も青いスクーターに横づけされると、チェ・ソンシクもジフンの存在に気づいたようだ。あなたたちの乗ったソナタはまもなく市内を出て、工業団地に差しかかる。あなたが暮らすサンフランシスコ湾でもよく見られる荷役クレーンが埠頭に立ち並んでいる。灰色の工場と赤レンガの社宅のあいだをまっすぐ伸びる四車線道路に入ったとたん、チェはスピードを上げる。あなたは体をひねり、古い社宅を、歩道と宅地を区分する垣根と街路樹を、そして次第に後方に遠ざかる青いスクーターを眺める。

工業団地を抜けると、四車線は二車線になる。ここから風景は一変する。左に大きくカーブする道なりに丘を越えると、典型的な田舎の集落が現れる。二つほどある減速帯を過ぎると小学校の前、児童保護区域という標識が見え、その向こうに信号が設置された交差点が現れる。交差点の周辺にはスーパー、鶏の丸焼き（トンタク）屋、雑貨店といった看板をかけた単層の建物が軒をつらねている。午前だからか、あるいはもともとこんな集落なのか、通行人は多くなく、少々わびしい雰囲気だ。交差点を過ぎ、集落を抜けると、上り坂が始まる。その道は鎮南半島の最南端に位置する岬へと向かう。カーブを曲がるたび百八十度近く方向転換が要るほど曲がりくねった道なりに頂上までのぼると、多島海（タドヘ）を眺められる展望台と、焼きじゃが、カップメンなどを売っていると書かれたプラカードをかけた小さな売店に出る。黒い島々が白い海の上に浮いている。売店の片隅には茶色のデッキに有料望遠鏡を設置した展望台がある。しかし、あなたに多島海の風景を見せようとここまで来たわけではないから、当然のごとく車は展望台を通過する。

あとは緩やかな下り坂。十数分ほど、道なりに走ったチェ・ソンシクは、海側の車線のほうにコンクリートで雑にこしらえられたバス停に出ると、その横に車を停める。道路下には赤や青の屋根が見下ろせる。屋根の周りは棚田が幾重にも続く。田んぼの緑を追って一区画ずつ視線を移すと、手のひらほどの浜辺と黒い岩が、そしてまるで白い休止符を打ったように、カモメたちが羽を休めているのが見える。チェはエンジンを切る。車内が静かになると、彼の顔が急にあなたの目に飛び込んでくる。近くで見ると選挙ポスターの写真と違って、若い。雨粒を防げるほどぱりぱりの、額から垂れ下がる前髪、熱心に人を見るときの鋭い目つきと険しい眉間、微笑を浮かべ、相手を見下しているような錯覚を抱かせる唇……この顔を母は愛していたのかと思い、あなたはひとしきり見つめる。

「私がカミラさんに赦しを乞うのはたった一つです」

チェが丘の下を指さしながらあなたに言う。

「私はもうカミラさんじゃありません。ヒジェと呼んでください」

彼があなたを凝視する。

「分かりました、ヒジェさん。その話をしにここまで来たんです。ここに来てみて何か感じますか?」

あなたは丘の下、海辺の集落の風景を眺める。台風がやってくるというニュースを聞いていたからか、うずくまったような屋根がなおいっそう低く見える。

「初めての場所だと思います」

　あなたが言う。すると彼があなたを見つめる。

「ここは黒砂（コムモレ）という地区です。この地名は堆積した土壌の性質によって黒光りする浜辺から来ています。最近になってここは全国的に有名となりました。麦畑体験だ甕器祭りだ、地域観光商品の開発ブームに乗じてここの棚田も黒い浜辺も観光商品になったんです。今や鎮南を訪問する誰もが一度は立ち寄る名所ですが、二十年前までここはまだ一日二本しかバスがない場所でした」

　あなたは彼を見上げる。まるで定年退職後、暇つぶしに観光ガイドをする元大学教授の口ぶりだ。彼の自宅前でジフンと一緒に待ちぶせしながら、ついに彼に会ったときも、極度に緊張するあなたと違い、彼は相談窓口の職員のように、何をお手伝いすればよいのかなと訊いてきた。彼は既にあなたが自分を訪ねてくると分かっていた様子だ。あなたはまだ気づいていないが、彼は既に妻から、あなたが母親探しで鎮南に来ているのを聞かされていた。あなたは彼に、自分にとって非常に大切なことだから、自分の質問に正直に答えてほしいと頼んだ。そしてあなたは尋ねた。一九八七年、鎮南女子高に在学中だったチョン・ジウンを知っているか？　こくり。私が彼女の娘で間違いないか？　またこくり。あなたの質問は続いた。私の父親を知っているか？　しばしまよってから再びこくり。あなたはチョン・ジウンを愛していたのか？　今度は動きが止まる。あなたは再度尋ねる。チョン・ジウンを愛していたのか？　依然、返事はない。

　彼の沈黙に急にあなたは怒りがこみ上げた。あなたは考える。一人の少女が孤独のうちに死んでいった。誰もその少女に、あなたは一人じゃないと、この宇宙で最低でも一人はあなたを大切に思っていると言ってあげなかったからだ。「もしあなたが私の父親だとしたら」、あなたは彼の顔につばを吐きかけるように吐き出した。「あなたは到底言葉にならないほど最低な人間です」。彼はあなたをじっと見つめた。「私はあなたが思っている、ほど……」。だが言葉は続かなかった。彼は急にあなたの手首をつかんだ。行きたいところがあるから一緒に行こうと彼は言った。同時に、あなたと一緒だったジフンには、二人で行くところがあるからついてこないでくれと言った。だけど、そんな言葉を聞き入れるジフンではない。車に乗っていくあいだ、彼に対して猛烈に煮えくり返っていたあなたの感情は、疑問と不安を残ししぼんでいった。そうして来ることになったのがこの黒砂（コムモレ）だ。あなたは考える。なぜこの人たちは自分の両親が誰かという質問に答える代わり、烈女閣や黒砂なんかを見せるのか？

「私に何の赦しを乞うのか、そこから話していただけませんか？」

「とりあえずは集落を見渡してください」

「あちこち名所を見て、自分の生まれ故郷がどんなに素晴らしい場所か、愛着でも持てと言うんですか？　すみませんが、ぼんやり観光なんかしてる暇はないんです」

あなたが問い詰めるように言うと、彼は熱を帯びながら答える。

「なぜ黒砂を見てほしいか、それはヒジェさんが私に到底言葉にならないほど最低な人間だと言うからです。教師として、父親として、夫として、私はそんなに立派じゃないかもしれない。当然いろんな欠陥もある。ですが、だからと言って、人間として失格だと言われる筋合いはありません。私たちが生きてきた時代を今の物差しで測るのは正しくないのです。保守勢力が私の当選を防ごうと、とんでもない人身攻撃をしかけてきているのは承知しています。ですが、そんな低俗な悪ふざけに振り回されるほど、でたらめな人生を送ってきてはいません。彼らには専ら人間的な憐れみを覚えるだけ、私の道徳性には何の傷もついてません」

彼の眼差しは燃えていた。

「道教育委員会のホームページにチョン・ジウンの文章が挙がってましたが」

そう尋ねながら、あなたは彼の目を探ったが、何も読みとれない。

「私の陰口を言う者が書いたものまで読むには、人生は短すぎます」

「じゃあ、タワークレーンも、ペーター・ハントケの『長い別れに寄せる短い手紙』も、全部陰口のための作り話ですか？」

「チョン・ジウンに関して、道義的には知りませんが、道徳的に私が非難されることなど何一つありません」

あなたは混乱する。道義と道徳の境界はいったいどこにあるのか？

「じゃあ、全てを知りながら、先生の陰口を言ってるその人は誰なんですか？」

「今からその話をしましょう」

チェ・ソンシクがドアを開けながら言う。あなたたちは車から降りて、黒砂地区に向かって歩く。みすぼらしいバス停の横にコンクリート道がある。八月初旬なのに、それほど暑いという感じはしない。空には雲が広がり、風が吹いているが、それは台風がだんだん近づいてきている証拠だろう。黒砂は丘を開墾した集落、どの家からも海が見える。観光客がよく訪れる様子で、多くの家々が民泊を兼ねていると、門にかわいらしい名前の看板を下げている。壁画が描かれた壁のあいだを抜けると、一抱えはありそうな古木が一本、その下に台とパラソルが置いてある。台には赤い登山ベストを着た年輩の男が三人、キムチでマッコリを飲んでいる。男たちは酒に酔い、箸が転がっても可笑しいのか、はたまた中にすごい話し上手がいるのか、終始手を叩きながら大笑いしている。彼らを通り過ぎながら、チェがあなたに言う。

「二十五年前、私たちは今とは全く別人でした。ヒジェさん、私、そしてチョン・ジウン、全員です。あのとき自分たちがどんなだったか、私たちは覚えていません。なのに、あのときの私たちは、幽霊のように今の私たちに付きまとうのです。なぜなら、図書室、タワークレーン、ペーター・ハントケ、ツバキなどはそのままですからね。黒砂もそのうちの一つです。黒砂に観光客が殺到しているとニュースで報じられるたび、私は目を背けます。ジウンが死んだあと、ここまで降りてきたのは今回が初めてです。何度かあの上の道路を通ったことはありましたが、一度もここまでは降りてきませんでした。なのに、今日はなぜ私がここまで来たか、お分かりですか?」

「そんなの、どうやったら分かるんです?」

チェ・ソンシクはあなたの目をじっと見つめながら尋ねる。あなたは負けじとその厳しい視線を見つめ返す。

「よく思い出してください。ここはたぶん初めてじゃありません。記憶はないにしても、感じるものはあるんじゃないですか？　ここ、黒砂。ヒジェさんはここで生まれたのですよ」

全ては二度進行する。最初は互いに孤立した点の偶然によって、二度目はその偶然をつなぐ線の物語として。私たちは点の人生を歩んだあと、それを線の人生として回想する。普通の人は過去の点が全部見えているから、現在に何の影響も与えない。今後どんな点を進むかによって、彼らの人生は今より良くもなり、悪くもなる。だけど、あなたの場合は全然違う。過去の点が全部見つからないという点において、あなたの人生は何度も変わる。人生の行路が変わるという意味でなく、あなたという存在自体が変わるという意味だ。例えば、鎮南を訪問しアメリカに戻ったあと、ときどき幼いころの出来事が違った意味を帯びながら、思い出されることがあった。養子に来た当初、あんよが辛うじてできるようになったときから、あなたは海が大好きで、エリックが仕事に出かけるたび、いつも一緒につれてってとせがんだものだ、とアンからよく聞かされていた。あなたは自分が山より海が好きなのは、ワグナーよりブラームスが好きなのと同じ理由だと思っていた。個人的な趣向だと。

個人的な趣向に過ぎなかったそのことは、鎮南を訪問以来、重要な意味を帯びるようになった。あなたは自分の趣向が無意識、すなわち、自分が知りえない過去のある偶然の点によって決定されうることに気づいたのだ。すなわち、鎮南という港町に生まれたせいで海が好きになることもありうると。そうやって以前は見えなかった点が見つかるたびにその点をつなぐ新しい線が描かれ、あなたの人生はその都度変わるよりほかなかった。そして線が変わるたび、あなたという存在も変わった。黒い髪と瞳を持って生まれたためカミラと名づけられたアメリカ人少女から、ツバキの下で撮った写真があったからカミラという名が与えられた養子児を経て、子供が産まれたら〝ヒジェ〟という名前にしようと思っていた十七歳の女子高生の娘へと。新たな点はあなたという存在をこうも可変的なものにした。問題は過去のこれらの点を制御する方法があなたになかったということだ。もちろん、あなたは強烈に願いはしたが、これらの点は一方的にあなたのアイデンティティを覆(くつがえ)した。あなたは自分のルーツ探しに少しずつ疑問を抱きはじめていた。あなたという存在を変えてもよいほど、その点は大切なのか？　必然なのか？　真実はそんなにも重要なのか？

チェと訪れたその家の前でも、あなたはそんな問いを自身に投げかける。年輩の男たちがマッコリを飲んでいた台の向かい、石壁のあいだの狭い路地を道なりに海のほうへ角を曲がると、黒い石が敷かれた通用口に出た。その道の突き当たりに、桟の隙間から内側がのぞき込める白い鉄製の門はあった。内の庭も通用口同様、黒い砂利を敷いてあるのが見えた。その門の前に立ち、チェはここがあなたの生家だと告げた。あなたはまるで巨大な炎に包まれた家の前に立っているかのようだ。今、あなたがその家に入ろうとするや、全身の感覚がサイレンのように鋭敏に鳴りはじめ、心はその不穏な感じをそのままにしておかず、しきりに言語化しようと努める。あなたはその心の声を無視できない。自分の生家だと聞かされたとき、全身に鳥肌が立ち、心臓の鼓動が速くなるのを、心は言語でこう解釈する。この家に入った瞬間、今までのお前という存在は燃え尽きてしまうぞ。一握りの灰も残さず、跡形もなく、お前は消えてしまうぞ。それなのに、中に入ってみるかいというチェの言葉に、あなたは何事もなかったかのようにうなずく。門は開いている。二人は庭へ入ってゆく。庭には、やつれた感じのヤシの木の下に、木製のテーブルと椅子が置かれている。まめな主人らしく、花壇には花が咲いている。その向こうは島がぽつぽつ浮かぶ海。海の向こうからは黒い雲が押し寄せてきている。たぶん、台風〝蝶(ナビ)〟が運んでくる雲だろう。

「ヒジェさんが生まれた年の夏だから、八七年七月のある夜でした。その夏は台風〝セルマ〟が南海岸を襲い、全国で三百人以上が亡くなったんですが、ここ黒砂(コムモレ)も電柱が抜け、屋根が飛ぶなどの大被害でした。その数日前の六月から無断欠席していたジウンをここで見たというある生徒の声を耳にし、あの子に会いにここまで来ました。訊いてまわると、この家だったんです。私はジウンを説得するつもりでした」

「八七年の七月と言ったら、先生が説得しようとしてたのは……」

あなたはすかさず頭で計算する。彼はあなたをじっと見つめる。かと思うと、舌先で唇を湿らせ、しばらくまごついている。

「経緯はともかく、結局こうなってしまったこと、それを赦してほしいのです」

「何を赦してほしい、と?」

「まぁ、全てです。全部。ジウンにヒジェさんを産まないよう勧めたあの晩のことです。今の私への陰口、私が背負わされた十字架は、一時的とはいえ、命を否定しようとした、そのまさに代償なんです。この二十五年間、そのために私と私の家族は充分苦しみました。でもとにかくヒジェさんが当事者なので、今一度赦しを乞う次第です」

彼が言った。

「私に赦しを乞うことじゃないと思いますけど。でも、母に乞うことでもないですね。それでも母は私を産んだんですから」

彼は二十五年前の私たちがどんなだったか覚えてないと言うけれど、私は昨日のことのようにはっきりと覚えている。二十五年前の黒砂は、数日後に屋根が飛び、木が根こそぎ倒れる停電の夜がやってこようとは、想像だにつかぬほど平穏な集落で、二十五年前の彼は、思いがけない妊娠でパニックに陥った教え子にひそかに中絶を迫るため、真夜中、貸切のタクシーでここを訪ねた新婚のドイツ語教師、二十五年前のあなたは、そんなことはつゆ知らず、母親の羊水の中で安全に守られながら、すくすく育っている胎児だった。そして二十五年前の私は、あなたという翼を抱いた幸せな人だった。

「チョン・ジウンを愛してたんですか？」

あなたが尋ねる。彼は黙秘する。

「ママを愛していたの？　答えてください」

「あのとき、ジウンは父親を失った悲しみから脱け出せずにいました。私は教師として、そんなジウンを助けようとしただけです」

「だったら、なんでわざわざやってきてまでして、中絶を迫ったの？」

あなたを見つめる目線がぶれたかと思うと、ただちに彼は首を振る。

「そのことだけは、カミラさん、いえ、ヒジェさんにも謝りたいです。でも、あのときは誰もジウンがヒジェさんを産むのを望んでませんでした。誰にとってもいい結果にならなかった。とりわけジウンにとって一番よくないことだったのです」

「ママもそう思ってたの？」

「説得は失敗しました。一人じゃ決められないと。だから私は訊いたんです。その子の父親は誰なんだと」

「誰って言ったんですか？」

あなたが尋ねる。チェはあなたをじっと見つめる。あなたも彼をじっと見つめる。

「返事はありませんでした。代わりにその晩、私はこの家から出るとき、あいつが振り回す包丁で横腹を刺されました。あいつは私とジウンの会話を全部盗み聞きしていたのです」

「あいつって？　誰ですか？」

そのとき、水色のスカーフを首に巻き、シャキっと正装した五十代の女性が家の中に入ってきた。

「自宅(うち)の前であなたがこの子を乗せていくのが見えたわ。どうしてここに？　遅ればせながらこの子に肉親としての道義でも果そうと？」

彼女が浴びせかける。見なくても分かった。彼女はあなたとユウイチが鎮南女子高を訪問した際、あなたたちを烈女閣に案内した校長、シン・ヘスク。

あなたが聞かせてくれる話は私の耳にも聞こえ

消えかかった中堅タレントよろしく、ブームが去ったような大袈裟な表情と声でチェ・ソンシクが「私がこの子の父親たりえないのは、お前がいちばんよく分かってるだろ」で始まる言葉をシン・ヘスクに浴びせかけているあいだ、あなたは今朝のニュースで見た朝鮮半島の天気図を思い出す。もっと正確に言えば、その天気図の前に立つキャスターだったというのが正しかろうが、彼女はモクレンの花びらを連想させるほど、ひと際大きな襟がついた白のブラウスに、赤いミニスカートを穿(は)いていた。そんな若い姿に似合わない深刻な表情で、キャスターは右手で台湾と日本のあいだの海上を指さした。その指先で、小さな黒い穴を戴いた白い円が、左に回転していた。ぱっと見でも、韓国全土を覆うに余りある大型台風だった。

「あの日、私がジウンを訪ねたのも、全部お前のせいじゃないか。お前がなぜ私をここに来させたのか、その理由は到底私の口から言えることじゃないが、とにかくそれがなかったら、私があいつの包丁で刺されることもなかった。だとしたら、全ては変わってたんじゃないか？」

「何のこと？　あたしがあなたをジウンのもとに行かせる理由がある？　何か特別な理由があったから、あんな深夜にジウンに会おうとここまでやってきたんでしょ？」

「ホントに覚えてないのか？　なぜ自分が私にジウンのところに行けと言ったか」

チェは今にも泣き出しそうだ。そんな彼を推し量るようにシンが見つめる。

「あの夜、あなたはジウンに会いたくてここまで来たのよ。どうなったか気になって、気が気でなかったはずだから」

チェは大きく首を横に振る。彼の表情はまたもと通りになる。

「あの夜、私がここに来たのは別な理由だ。が、この場で言えるわけないだろ。だけど、お前は私を信じなきゃならん。お前だからこそ信じなきゃならんのだ」

かと思うと、彼はあなたのほうを見る。

「ヒジェさんも私の言ってることを信じなければなりませんよ。私に過失があるとすれば、あの晩、ジウンに中絶を強要したことだけです。その代償は十二分に支払いました。ヒジェさんが生まれてこの二十五年間、我々夫婦は苦しめられてきたのですから。しかも教育長選挙に出てからは、私を落選させるため、教え子と不道徳なことをしでかした教師にして追いやろうとする人たちがいること、その中に教え子がいるのも分かっています。ですが、だからと言って、嘘を本当と言うわけにはいきません。つまり、その……」。彼はシンを横目でちらっと見る。「この人はいまだに私を疑ってますが、私はヒジェさんの父親じゃありません。ジウンと不道徳なことをしたこともありません。だからこれ以上私たちのところに来ないでください。いいですね？」

「その晩、先生を包丁で刺したという、その人は誰なんですか？」

あなたはチェに尋ねる。

「チョン・ジェソンです」

しかし、返事はシンがする。あたかも外国の侵略を前に、論争を一時中断した政治家たちのように。

「誰ですか？」

あなたはその名前を忘れたか知らないが、彼は私の兄である。

雨が降りだす前にホテルに戻らなければと気が急くが、海風が先にあなたたちの耳元をかすめ、山頂へと向かう。上り坂でスクーターのエンジン音がけたたましい。あなたはジフンの背中に身を任せたまま、両腕で腰の辺りをぎゅっとつかんでいる。険しいコンクリート道が終わり、バス停がある二車線道路に出ると、エンジンのほえる音が小さくなる。そこからまた峠の尾根へ向かう前に、あなたは自分が生まれたその集落をもう一度振り返る。黒砂（コムモレ）、私が初めてあなたと出会った場所。画家が自分の描いた風景画を気に入らず、無彩色の絵の具を染み込ませた綿で塗りつぶすよう、海霧が黒砂名物の棚田を消してゆく。

風に鼓舞されたのか、あなたたちの乗ったスクーターが多島海展望台のある頂上に到着するころには、霧も足元まで迫ってくるほど甲斐甲斐しい。ジフンは展望台の駐車場にスクーターを停め、ヘルメットのシールドを上げる。簡易売店である白いコンテナボックスの上段にかけられたプラカードが、風の音を立てながらせわしく震えている。駐車場には車が二台停まっているが、みな売店に行ったのか、人影は見当たらない。道に迷ったウサギのように、彼は両脚で地面を踏みしめて、首をすっと突き出し、左右を窺う。とてつもない速さで押し寄せてくる海霧ばかり、工業団地や鎮南市内は全然見えない。

「大丈夫？」

自分をつかむ手がひどく切迫して感じられ、ジフンが訊いてくる。左に身をひねり、あなたの表情を読みとろうとしたが、あなたは顔をぴったり背中につけていて、彼の目には青いヘルメットがちらっと見えるだけ。風が強すぎて、あなたは彼の声を聞きとれなかったのかもしれない。もしあなたが何か返事をしていたら、彼はあなたに、目で見て耳で聞いたからって全部素直に信じちゃダメだ、と言っていただろう。経験から滲み出た意見。水死体を捜索しながら、ジフンは目と耳のせいで、逆に多くのものを見も、聞きもできないと学習していた。恐怖のせいだ。ひとたび恐怖に苛まれると目と耳は、勝手に見たいもの、聞きたいことだけを見聞きする。だけど、彼は大丈夫かともう訊いてこない。今のあなたにそんな中途半端な慰めなど、何の役にも立たないと背中で感じられるからだ。依然としてあなたは彼の背中に身体をぴたりとつけたまま、両腕で彼にしがみついている。ジフンは背中にあなたの存在を遍く感じる。人間はか弱い存在で、絶えず別の人間を必要とするのだ、と彼は考える。たとえそれが何の表情も感じられない背中でも。そう思うと、体内のどこかでかちこちになっていた塊が溶け落ちるようだ。

そのとき、背後から一台の黒い車がヘッドライトを照らしながら、峠を越えてくる。その車を見た瞬間、ジフンはチェ・ソンシクのソナタだと気づく。路肩にジフンのスクーターが停まっているのに、ソナタはスピードを緩めず、彼らに向かって走ってくる。既に避けようがない。そうしたら車の速度を落とせる超能力でも発揮できるかのように、ジフンは運転席に座ったチェをにらみつける。チェの顔は、黒のシーロスタット板の後ろにあるように、不透明でぼやけている。彼の車はそのスピードのまま、あなたたちのスクーターをかすめてゆく。ジフンの口から悪態が飛び出す。ジフンがシールドを降ろし、また出発しようとしたとき、背後からクラクションが聞こえる。振り返ると、白のモーニングがハザードランプを点滅させながらゆっくりと近づいてくる。あなたたちは車を目で追い、運転席に座ったシン・ヘスクを見つめる。彼女は右手を振りながら、ちょっと止まるよう合図する。あなたたちの横まで来たシンは助手席の窓を降ろす。

「今、夏休みを利用して、図書室が入った附属の建物を取り壊し中です」

シンが後ろのあなたに話しかける。

「えっ？」

あなたの声が震える。

「もう随分前に撤去しなきゃならなかった建物です。カミラさんに惜しまれるいわれは全くありません。とにかく、なので休み前に、貴重な本を選んだあと、残りは全部古物商に譲りました。そのときこんな本を見つけたんです。以前、カミラさんが学校の図書室に来たとき、もし見つかったら連絡してくれと言っていた文集です。『海と蝶』の第二輯。チョン・ジウンの詩が二編載っています」

シンが助手席の本を取り、あなたに差し出す。あなたは手を伸ばし、それを受け取る。

「見つかってよかったです」

あなたが言う。

「本当によかったわ。私も今回はじめてそこに載ってるチョン・ジウンの詩を読みましたが、読んでみると、カミラさんが夫の娘じゃないと分かりました」

「どうして分かったんです？」

あなたの問いにシンは首をかしげる。

「うまくは言えません。ただの勘です。女としての勘。あの人が言ってたように、私はこの二十数年間、あの人を疑ってきました。カミラさんがあの人の娘じゃないかって。カミラさんが生まれてこのかた、ほんの一日すらあの人を真剣に愛したことはありません。でも、今さら愛することもできません。不可能です」

「どうやったら愛さずに二十年以上も一緒に暮らせるんですか？」

その言葉にシンは顔をしかめる。二十五年前がそうだったように、今もこの女にはプライドが一番大切なのだと知る。シンはあなたにため口を使うことで、傷ついたプライドを取り戻そうとする。

「あなたには一千万回生まれ変わっても、あたしの気持ちは分からない。そのくせ、あたしたち夫婦のことを知ってるかのような文章を書かないでもらいたいだけ。文集はあなたの父親があの人じゃないと教えてやるためにあげるの。もう馬鹿なまねはこれくらいにしてちょうだいね。もし何かの本とかであたしたちのことを一行でも書いたら、そこがアメリカでもどこでも、黙っちゃいない。あなたの母親について故意に話してないことは一つ二つじゃないんだから。事前警告よ。そして金輪際、あたしたちが個人的に会うことはないわ」

あなたに返事する隙を与えず、助手席の窓はゆっくり上がる。窓が上がりきると、シンは前を向いて発進する。モーニングが霧の中へ入ってからも、ハザードランプはしばらくちかちかしている。ハザードがほぼ見えなくなるまで待ってから、ジフンも、行こうかとあなたに言い、霧の中へ入っていく。ジグザグの下り道、遠くにモーニングのハザードが見えたかと思うとまた消える。少し近づけば、霧はそのぶん後退し、もう少し速く近づけば、そのぶん速く遠ざかる。この霧は賢くてすばしっこい。

ほぼホテルに着いたころ、雨粒が落ちはじめる。あなたを先にホテルの玄関で降ろしてから、ジフンはグランドボールルームがある別館の横にスクーターを置く。ホテルの玄関に向かって歩きながら、彼はいつだったかあなたから送られてきたメールを思い出す。メールボックスに件名のないメールがあるから、そのまま消しかけて〝Camilla Portman〟という名に見覚えがあり、彼はメールを開いてみた。メールにはあいさつや天気の話題などもなく、いきなり一文だけ書かれてあった。〝なぜあのとき私を死なせてくれなかったんです？〟ジフンはその場で三時間、Ａ４で二ページ強の長文メールを書いた。なぜあなたを死なせてあげなかったのか、ですが、こんな感じで始まるメールだった。翌朝、目覚めたあと、ジフンはそのメールを削除した。読み返してみると、あなたとは何の関係もない、自己の憐れみに満ちた文章だったからだ。そのとき知ったメールアドレスがなかったら、ラジオであんな投書を聞いたとしても、あなたに連絡はしなかったろう。いや、メールアドレスを知っていたとしても、あなたのメールがジフンに元気かどうか訊き、自分の近況も知らせ、あのときはありがとうといったふうだったら。だけど、メールはぽつんと一行だけ、あなたと再会しない限り、その一行が一生自分についてまわるのを、ジフンは分かっていた。彼があなたに連絡したのはそのためだった。

ホテルの玄関に着くと、〝長崎外国語大学〟と書かれた紙の貼られた観光バスから乗客たちが列をなして降りてきている。全く運の悪い日本人たちだ。数日前なら、埠頭を飛び交うカモメの胴体が真っ白に感じられるほど空が青かったのに。けれど傘の骨が露わになるほど風が吹いてるくらい、うちらにゃ日常茶飯事と言わんばかり、長崎人の表情は悪くなかった。回転ドアを押して中へ入って行くと、長崎外国語大学から来たと思しきキャリーバッグを引いた女子学生たちが、輪になって騒いでいた。多湿な屋外の空気のせいで、ロビーはエアコンが強めになっており、寒く感じられるほどだ。どうかしたら大理石の床のせいかもしれない。受付から食堂へ向かう途中には、どことなく粗雑に感じるほど青々とした柱のあいだに全面ガラスを設置し、外の埠頭がよく見えるようにしてあった。その全面ガラスに雨水が幾筋も流れ落ちていた。通路に沿って歩きながら見回してもあなたが見当たらないので、そのまま部屋に上がっていったのかと、ジフンは思う。そのまま部屋へ、あいさつもなく。

真鍮のふたをかぶせたビュッフェスタイルの料理皿が並んでいる風景が見える食堂まで行き、ジフンは引き返す。そのときはじめて全面ガラスの向かいにあったカウチソファーが目に止まる。背もたれを倒せばベッドになりそうな、のっぺりしたベージュの三人掛けソファー。あなたはそのソファーの左隅に座っている。あなたの横には、全面ガラスの隣の柱と同じ色をした青いトルコ製陶磁器が置かれたテーブル、そのテーブルの真上には楕円形の鏡が取りつけられている。ソファーがそれほど高くないため、あなたは身を埋め、両肘を膝の上に載せたまま、眉間にしわを寄せて熱心にシン・ヘスクからもらった文集をのぞき込んでいる。白いタンクトップのせいで両肩と両腕がいっそう濃く見える。たぶん雨風が吹きつける全面ガラスに気を取られ、あなたが目に入らなかったらしい、とジフンは思う。ロビーに観光客が大勢いたからか、でなければ、文集に魅了されていたからか、ジフンが隣に座っても、あなたは人気(ひとけ)を感じられない。彼はあなたが顔を上げて自分のほうを向くまで、あなたの横顔をじっと観察する。

「いつ来たの？　来たなら来たって言ってよ」

ようやく横を向いたあなたが言う。

「随分熱心に見てるから。面白い？」

文集を指しながら、ジフンが尋ねる。

「面白い？　分かんない。詩はまだよく分からないわ」

「ちょっと見てもいい？」

「もちろんよ」

ジフンはあなたから文集を受け取る。何度も色を塗り直して汚れた感じにした、まるで抽象表現主義を連想させる表紙絵の上に、楷書体で〝海と蝶〟というタイトルが、タイトルの下には〝第二輯　一九八七年〟と発行年度、絵の下には〝鎭南女子高等學校〟と校名が明朝体で印刷されている。表紙をめくると、目次の印刷されたコート紙が現れる。『海と蝶』の第二輯に私は二編の詩を寄せた。ジフンはその最初の詩を見つけて黙読する。私もその詩を読む。

北海（プッケ）

この海辺にこれ以上必要なものはほとんどない

青い月とか
海中の虹
あるいは噴水で戯れるイルカさえも

水鳥は海辺の体臭を踏みしめて歩く
水鳥の足は生臭く
頭は明るい
星のあいだにある

誰かも分からないのにその名を呼ぶ
ともすれば私はずっと前から
一人だけを待ってきたのかも
つつましく
海辺の必要のうち

きっとそれだけ
この瞬間
この一人だけ

風は海松の髪の隙間に染み込み
昼は長く光はまだ豊饒
あなたが聞かせてくれる話は私の耳にも聞こえ
愛だとも、また愛じゃないとも言い
不幸だとも、また不幸じゃないとも言い
寂しい声は一度聞こえてまた遠ざかり

海よ
海よ

「どう？」

あなたが訊く。ジフンは顔を上げ、あなたを見つめる。

「なんだかこの世にない場所について書いてるみたい。現実でない非現実を詠っていたり」

彼が言う。

「どんなとこが？」

「この漢字は北の海って意味だけど、韓国の北に海はない。西海（ソヘ）、東海（トンヘ）、南海（ナメ）だけ。北海（プッケ）はないよ」

あなたは分かるような分からないような表情だ。

「次の詩には私の名前が出てくるの。次のも読んで解釈してくださいな」

あなたが言う詩のタイトルは〝ある夕べ、洋館で〟。だけど、そこに私は〝二十年後のヒジェに〟という副題をつけていた。あなたは今そのことを話している。

ある夕べ、洋館で
——二十年後のヒジェに

待つこと一季
あなたの曲がった肘に似た幼い月が
やせた柿の枝にかかるあいだ、
群れをなし飛ぶ冬の鳥
歩けどその先にたどりつけなかったどこかの小道へ
十一月の数日が雨粒のように暮れ
灰が飛ばされるよう一面霧が立ち込める

よい子らの眠気を誘う夕べの空気
涙も近からず、別れも遠くにあるから
代々この国で安らかなれ
霧に似た人たち、かますで切り株をくるみ

ある星明かりが別の星明かりと出会い、白い河となる
夕べの河は照り返り、空を裂きながら流れたあと、
あなたの笑顔に似た白い暁へと注がれる

待つこと一季
遠き黄昏、遠きトネリコ、遠き井戸
ここから全ては互いに離れて並んでいる
霧が作った、霧に似た、霧のあなたとわたし

ジフンはもう一度読み返す。今回は小声でつぶやきもする。彼が詩を読みおわるまでのあいだ、私はヒジェのことを考える。ヒジェ。私の心臓、私の血。

「これはヒジェさんのために書いた詩だね」

ジフンがあなたに言う。

「今度産まれる子に、ヒジェって名前をつけようってママが文集に書いたんだ」

「そうだね。興味深いな。ここで言っている洋館はどこだか分かる。鎮南女子高の近くにある二階建てのレンガ家だけど、今は〝風の言葉アーカイブ〟になってる。日本植民地期にオーストラリア人宣教師が建てたもので、大人たちは牧師館とか洋館と呼んでたらしい」

そう言ってジフンは全面ガラスを眺める。真夜中のような暗い空から雨風が窓に向かって吹きつけている。アイマックス・シアターに座っている気分だ。

「風の言葉アーカイブって？」

「鎮南に暮らしてきた人たちの個人的な歴史を収集してるところだって聞いたけど。昨日、ヒジェさんが聞いたあの番組で紹介されてたのがそのアーカイブの所蔵資料さ。今、毎週一編ずつ、アーカイブが収集した資料から愛に関連するのを紹介しているとこだよ」

「そう言われると、鎮南女子高の近くの二階建てレンガ家なら、私も一度行ったことあるわ。この春、学校から出てきて無我夢中に歩いてたら、行き止まりの路地に出たんだけど、そこの突き当たりにあった。何かも分からず入ったの。門を過ぎると両側に庭があって、玄関へ上がる階段がない？」

「さぁ。鎮南女子高の近くにそんな古い二階建てのレンガ家は洋館だけだから、合ってるでしょ」

「白い格子窓に、えーっと、あと、庭の片隅にぶらんこがあったけど」

あなたが記憶をたどりながら言う。

「じゃあ間違いない。普通のぶらんこなのに、アリスが乗ってたやつだからと、見にくる人が大勢いる。長年廃墟同然だったけど、風の言葉アーカイブになる際、きれいになったんだ。だからヒジェさんも入れたんだと思うけど」

あなたはその日そのぶらんこに座っていた午後を思い出す。洋館の前にあった詩碑に書かれた〝And sore must be the storm / That could abash the little bird / That kept so many warm（猛き風にも屈せずに／小鳥は多くの者たちを／優しく守ってくれている）〟というフレーズを読み、あなたは、二十数年前、絶望に暮れ、海に身を投げた一人の少女を、誰か一人は考えないといけないなら、それはあなた以外にないことに、ゆえにこれまで気にかかっていた、なぜ実母は私を捨てたのかという問いは間違っていたことに気づいたのだった。捨てられたのはあなたじゃなく私、とあなたは考える。そうやって一度も会ったことがない私のことを、つまりあなたの母親のことを考える。

「そのぶらんこに座ってると、遠くに鎮南港が見えたの。あの日、あの丘から下りてきて、夕方、遊覧船から跳び込んだ。あとのことは私より詳しいでしょ？」

「まぁ、おかげで出会うはずなかった命の恩人になったわけだ」

ジフンが事実を冗談っぽく言う。

「もちろんあなたのおかげであのとき私は生き延びることができた。だけどあそこにはもう一人いたの。救助されたあとまた海に入ろうとしたのは、再び自殺を試みようとしたんじゃなくて、もう一度あの顔を見れたらって思ったから」

「あそこにもう一人いたって、どういうこと？　海の中に僕以外の誰かがいたってこと？」

ジフンがいぶかしげに尋ねる。あなたはうなずく。

「そう。あの海の中にもう一人いたの。だから……ママが。写真で見ただけ、一度も会ったことがなかったけど、ママだって分かったわ。十八歳の姿のまま、目を閉じていた。私の言ってること、信じられないでしょうけど、あそこにママがいたのは事実。もしかしたら目を開けるかもと思って、手を伸ばして顔に触れると、肌の柔らかさと骨の固さがひしひしと感じられた。その感じはしばらく指先に生々しく残ってた。言うなれば、その指先の感覚で私は生まれ変わったの。そうしてママはずっと目を閉じていた。これまではなぜいつも自分がこの世に歓迎されないのか気になっていたけど、そのときからはママのことのほうが気になるようになった。なぜママは一人寂しく死ななきゃならなかったんだろう？　私の言ってること、変に聞こえるでしょうけど、私は自分より若いママに会ったことがあるの」

私はちっとも変だとは思わない。今、あなたの話を聞きながら外に降りしきる雨脚を眺めるジフンのように、私もあなたの話を素直に信じる。波が海のさだめなら、あなたを考えるのは私のさだめだった。あなたと別れてから、私はただの一日もあなたを忘れたことがない。二〇〇五年を起点に、あなたは私より年上になった。なのにあなたが永遠に私の娘だなんて信じられない。私の中で、自分より年上のあなたが現れたのがどんなにすごい経験（こと）か、あなたに教えてあげたいけど、教えてあげる唇が私はないの。あなたの目をじっと見つめていたいけど、あなたを見つめる瞳が私はないの。あなたを抱きしめたいけど、両腕がないの。両腕がないから抱擁もできない、唇がないからキスもできない、瞳がないから光もない。抱擁も、キスも、光もないから、悲しい、ここは愛のない場所なのよ。

「私は若いママをぎゅっと抱きしめた」

あなたが言う。

あなたたちはホテルの前で黒い個人タクシーをつかまえる。風に乗った雨粒が、黒い夜の中を好き勝手に降りつける。あなたは雨に濡れた額を右手で拭いながら、左の車窓から外を眺める。港は真横だけど、降りつける雨脚のせいで、街灯の明かりが遠い。海の光という光が揺れながら消えていく。あなたは、忘却がなければ、幸せも、明朗さも、希望も、プライドも、現在もありえないというニーチェの言葉を思い出す。夜があってどんなによかったか！　人間は忘れることができて。そうつぶやきながら、あなたは洋館へ向かっている。タクシーは、大量の雨水を処理する能力を失った下水溝のせいで水がたまった道路の上を滑るように進む。鎮南女子高前でタクシーは、小さな峠の向こう、洋館の三叉路に向かって左折する。海に向かって流れ出す雨水とは反対方向、そして涙も近からず、別れも遠くにあるから、代々安らかなどこかの国へ車はのぼっていくはずだ。

私はあなたたちより先に洋館へと向かう。洋館は二十五年前同様、そのままの姿でそこにある。台風前夜は漆黒のように暗いけれど、瞳を通さなくても、私はその風景を見ることができる。赤い屋根の外側に飛び出した屋根裏部屋の窓、台所に上がる階段、赤レンガの端に沿ってまっすぐ伸びる雨どい、海に向かって両腕を広げたように開け放たれた二階の窓……。雨の日は屋根に打ちつける雨音で眠れないほどだったから、台風が来ている今日のような夜ならば、どんな人でも起きていよう。思った通り、洋館の窓は全部明かりがついている。その一階の窓に、一人の影がちらついている。彼は窓の外を眺めている。もう随分前から私たちはそうやって深夜になると互いを凝視している。そう、洋館の夜は、私たち以外にもう一人、少女がいる。懐かしそうに、その少女は夜の洋館をさまよっている。彼はその少女を見て、また私を見る。

　やがてあなたたちが乗ったタクシーのヘッドライトが、洋館の入口に立っている柾（まさき）の若葉の上で踊るように揺れる。彼は暗闇から視線を移し、その明かりを眺める。車から降りたあなたたちのシルエットを照らしていたヘッドライトが左へ旋回しながら消え、再び暗闇と雨音だけが残される。あなたとジフンは、ホテルのベルボーイが持っていたのと同じ傘を持ち、風の言葉アーカイブの門まで歩いていく。あなたとジフンはまるで一心同体、身を寄せ合って動く。風はそんなあなたたちを引き離そうとするように、勢いよく吹きつける。彼はあなたたちが門の呼び鈴を押すまで、窓辺に立って待っている。しばらくして、呼び鈴が家じゅうに響く。彼は呼び鈴がもう一度鳴るまで待つ。二十四年間待ったのだから、あと少し待つのはそれほど難しくない。しかし、今度は全然呼び鈴が鳴らない。彼は目を閉じる。十数秒が過ぎたあと、また呼び鈴が聞こえる。今度は玄関を開けて外に出る。彼は傘を広げ、門まで走る。どしゃぶりの雨、瞬く間にすそが濡れる。彼は大きく深呼吸をしてから、門を開ける。門の外にあなたが立っている。

「開館時間は過ぎてます」

彼が言う。

「申し訳ありません。明日まで待てずに、こうしてやってきたんです」

あなたが言う。

「お願いがあります」

「どちら様ですか?」

彼が尋ねる。

「あ、私はカミラ・ポートマンと申します。韓国名はチョン・ヒジェです」

あなたが自己紹介する。

「ヒジェ?」

「はい、ヒジェです。どうしてですか?」

「僕の名前もヒジェなんです」

彼があなたを見つめる。あなたも彼を見つめる。もう随分前から互いを凝視していたかのように。

第二部 私たち（ウリ）

寂しさ、あるいは不安と煩わしさのあいだの適度な温もり

私たちの時代は孤独が寂しい。今年の春、アメリカから一人の養子児が実母を探しに鎮南(チンナム)を訪問、という記事をツイッターのリンクを通じて読んだとき、ユンギョンの頭に真っ先に浮かんだことだ。その記事を見つけて写真まで挙げたジョンヒが〝ジウンの娘がママを探してるよ〟という、その意味合いに比べて、かなり軽く聞こえる説明をつけ足さなかったなら、みな、花咲くツバキの前で赤ん坊を抱いたその女性が、一時期、自分と同じ高校に通っていた少女だと気づきもしなかっただろう。それは私たちが鈍感や無情だからというよりは、その田舎くさいおかっぱ頭と、おばさんが着てまわりそうな黒のロングワンピースのせいだった。正直言って、初めはジョンヒの説明を読んでも、私たちはどういう

ことか理解できなかった。この田舎っぽい子が抱っこしてるの誰？　えっ、この子がママを探してるんじゃなくて、この赤ん坊がこの子を探してる？　本当に子供が子供を探してんだ。誰って言ったっけ？　ジウン？　チョン・ジウン？　一年四組、うちのクラスのチョン・ジウン？　ああ、そんな子いたね……。半日のあいだにそんな言葉が、瞬く間にタイムラインを埋めながら、下へ下へと押し出されていった。

　ユンギョンはその写真をいっときのぞき込んだ。ユンギョンも私たち同様、ジョンヒの言うジウンがどんな子だったかよく覚えていない。それは昔も同じだった。あのころもユンギョンはジウンをあまり知らなかった。ユンギョンがジウンについて知っていると思うことは、ほとんどが別の友だち、例えば、ミオクやヒョンスクたちから聞いた話だったが、それさえも誰か別の子から又聞きした噂話だった。この写真を撮ったころに、今みたいにツイッターのようなものがあって、ジウンのアカウントを見ることができていたら、たぶんユンギョンもジウンについて、もう少しは知っていたんじゃなかろうか？　だが、あのころは今とはあまりに違った。写真の中の、生まれたばかりの娘を抱いている十九歳のジウンを、この子の孤独を理解できる人はそのころもほぼ皆無だった。だとすると、今さらその孤独を理解してあげられる人は誰もいまい。そうしてユンギョンは写真から目を離し、スマートフォンを切った。

このとき、ミョンジンとユンギョンはまだ絶頂期で、彼女はツイッターのようなものにあまり気を止めなかった。仕事で出会った雑誌編集長とフリー写真家の恋愛は、どうしても秘密裏に進行せざるをえなかったが、おかげで週に一、二回、彼のオフィステルにいてから帰る短い出会いはこの上なく刺激的だった。短く頻繁に会うのが絆を深めると分かっていたから、ユンギョンが彼のベッドで泊っていくケースは一度もなかった。そのように恋愛経験豊富な六歳年下の男にどっぷりはまっていたから、ユンギョンは昔の級友の娘が母を探していると聞かされても、地元の友人らがひた隠しにせんと画策しているのをつゆ知らずにいた。のちにユジンからその子のことを訊かれたとき、はじめてユンギョンはカミラ・ポートマンという、アメリカから母を探しに鎮南に来たというその子について関心を持つことができたのだった。

私たちの中で真っ先にツイッターを始めたのは、鎮南社会運動連合で事務局長を務めるミオクだった。ミオクは仕事の必要上、ツイッターのアカウントを開設したあと、銀行員の妻であるジョンヒを誘った。ツイッターにログインして、知り合いの名前を検索していたジョンヒは、ソウルで〝セブンティーン〟という雑誌出版社の編集長を務めるユンギョンに、既にツイッターのアカウントがあるのをつきとめた。すかさずジョンヒはユンギョンにメンションを送り、数日後、二人のアカウントはつながった。高校三年間終始全校トップを明け渡さなかったユンギョンは、梨花(イファ)女子大法学部進学を足がかりに、エリート街道を着実に歩みはじめたかに思われた。そうやって鎮南を離れてからは、地元の友人たちと少しずつ遠ざかったため、数年後、ユンギョンが法律より物書きのほうに多くの関心を抱き、それで最初の職場〝バザー〟のフィーチャー担当記者として働くことになったのを知る友人は、指折り数えるほどだった。そうやって高校卒業後も、ユンギョンと親交の続いていた友人の一人がユジンだったのである。

鎮南の友人たちは、ユンギョンほどユジンの近況をよく知らなかったが、ジョンヒがユンギョンをフォローしてアカウントを調べてみると、彼女がフォローしている中にユジンがいた。ユジンの大学時代と言えば、ＰＤ（民衆民主主義）系の派閥だった先輩との恋愛に夢中、カメラを片手に労働系のイシューを追い求め、富川(プチョン)へ、蔚山(ウルサン)へと跳びまわったのがほぼ全てだと言える。人間として最も熱かった一時期をともに過ごしたその先輩は、だが数年後、二人が所属する連合サークルの別の後輩と二股をかけはじめ、ユジンは数ヶ月に亘る別れの手続き、はたまた泣訴の挙句、初恋の熱病から次第に脱することができた。

そのとき深夜の酒友だちになってくれた人こそ、雑誌の〆切に追われ、むさぼるように夜勤していたユンギョンだった。友人の窮状に対するユンギョンの処方箋は、会社の写真記者を紹介することだった。そしてユジンは気づいたのである。初恋は忘れられないということに。我々が二度目の恋愛をしないなら。もちろん、初恋が終わったあと、我々はほぼ二度目の恋愛を始める。

ジウンの娘が鎮南を訪問した当時、ユジンはイギリスはロンドン南西郊外の、トラベルカードのゾーン6に属するキングストーンで、映画監督のレジダンス・プログラムに参加していた。奉俊昊(ポンジュノ)、張俊煥(チャンジュナン)らとともに、韓国映画アカデミーを十一期で卒業したユジンは映画界に進出し、二本の商業映画を撮った。二〇〇三年に公開された最初の映画〈草原の光〉はディテールが活きていると評価されはしたものの、さほど大きな反響は得られず、二〇〇五年の二作目の映画〈愛が終わったあと〉が、フェミニズムの性愛映画を標榜しながら、インターネットで侃侃諤諤(かんかんがくがく)、論争の的になった。論争の始まりは『シネ21』に載った短いインタビュー記事だった。そこでユジンは「フェミニズムの性愛映画とはいったい何か?」という記者からの問いかけに対し「吸入(インサート)を除くあらゆる肉体的な愛を意味する」と答えていたのである。当然ユジンにはたびたび同性愛者の疑いがかけられたが、そうした視線に対し、「両性愛者ならまだしも」と言ったユンギョンの冷笑からも知られる通り、そう思われるにはユジンの恋愛経験は少々並外れていた。だからというわけではないと思うが、とにかくユジンはその写真について私たちにやや異を唱えた。

もう何日もミョンジンからの連絡はなかった。だからと言って、ユンギョンはそのことを寂しがる立場でもなかった。別れを申し出たのは彼女だったからだ。若さのせいか、ミョンジンは所有欲と嫉妬心が強かった。ユンギョンが別の男と気兼ねなく抱擁したり、手をつなぐ姿を見ただけで拗(す)ねるのが常だった。たぶん小学五年生に上がるころからだと思うが、ユンギョンは、女性にとってのスキンシップは、使い方次第で大きな武器になると知っていた。だから男子を乗せるのには一家言あったけれど、二十代には、彼氏が嫉妬心で顔を真っ赤にし、居ても立ってもいられないなら、それが愛なのだろうと自己満足し、愛おしくも思っていた。

だが、そんなのはもう全部過去のものだと、私たちは分かっていた。四十以降は全く別のホルモンが作用するのか、私たちの考えは以前と百八十度変わり、ユンギョンもその例外でなかった。ああした面倒なプロセスを踏んで確認するのが果たして本当の愛なのか、ユンギョンには疑問だった。嫉妬心に駆られた若い男たちは全体、これでも他の男を思い出すかと問うように一晩に何回もセックスをしてくるけれど、今はそれ以外に別な近づき方がないのか、ユンギョンは気になっていた。私は疲れた自分を単に抱きしめてくれるだけで致命的な年齢（とし）になったの。酒に酔ってミョンジンの前で、そんな感じの宣言をしてしまったらしいのだけれど……。

　いつも酒の勢いで派手にけんかしても、翌日になると、いつそんなことした？　というふうに、普段通り電話をかけてきたミョンジンなのに、今回はちょっとあいだが空いていた。とにもかくにも、若い男の行き過ぎた愛が煩わしくなる年齢になったということ、それが重要だった。なのに、いざ別れて数日経つと、そんな煩わしさが恋しくなるってどういうこと？　寂しさと不安の違いをいまだ区別できずにいるのかも。とにかく、寂しさ、あるいは不安と煩わしさのあいだの、適度な温もりを持った感情なんて存在しないってこと？　中庸の美みたいなもの。編集会議でユンギョンが〝孤独の再発見〟を特集企画案として出した背景にはこうした内情があったのだが、それに気づける人はいなかった。

「まがりなりにも十代の少女たちの感性とトレンドをリードしてるって言われる『セブンティーン』なのに、孤独の再発見、なんて言われると、何だか学術雑誌の孔孟思想特集みたいに聞こえますね」

キャップであり、編集部の黒一点でもあるジョンスが言った。

「知らないから言えるのよ。デジタル機器が発達するにつれて、コミュニケーションだつながりだ、みんなこんな言葉に最高の価値があるみたいに言うけど、むしろ疲れを訴えてる人も結構いるって」

「編集長ならともかく、最近の子たちはデジタル・ネイティブなのに、果たして疲れなんか感じますかね？」

「でも、既婚者より私の感覚のほうがちょっとは若くないかしら？　私の言いたいのはこう。携帯や大型ショッピングセンターやワンセグなんかをなくしたら、何が残ると思う？」

ユンギョンの声の変化に気づいたのか、誰からも返事はなかった。

「本とかがあるって考えることもできるけど、そうじゃない。そこはもともと孤独の席だったの。ひとり存在する席。ほんの二十数年前まで孤独は普通だったけど、デジタル機器に押され日常から孤独が消えてゆく中で、今や孤独の意味合いはすっかり変わったわ。二十一世紀の私たちに許された孤独の空間は、サンティアゴ巡礼路やアンナプルナ・ベースキャンプ・トレッキング・ルート、あるいはコタキナバル高級リゾートの砂浜みたいなところ。観光産業がきっちり管理するこの孤独を体験したくば、数ヶ月分の給料をつぎ込んでも足りないくらい。時代とともに、孤独の価値はだんだん高くなってるの」

「安価に楽しめる孤独もたくさんありはしませんか？」

「例えば？」

これは自分の意見に反対する記者たちを制圧するとき、ユンギョンが使う道具だ。準備できてない状態で具体例を挙げよと言われたら、みな幼稚なことを言うに決まっている。

「例えば……」

ジョンスも幼稚なことを言うほど馬鹿ではなく、少し考えるふりをしながら、口をつぐんだ。例えば、編集長のように、四十過ぎても独身の女性に、孤独はごく身近なものじゃないですか？　まぁ、そんなことを言いたかったのかもしれない。彼の内心など知ったことではなく、ユンギョンは彼が服従の態度を示すと満足だった。そしてひとまずジョンスに勝者の笑みを見せつけたあと、だが、手綱を緩めずに続けた。

「ちょっと考えたら分かるけど、このご時世にお安く楽しめる孤独なんてないの。お金を払わない孤独は、社会不適応の印に過ぎない。甚だしくは犯罪の予兆でもある。例えば、集団から離れて一人でいる生徒から先生は自殺や校内暴力の可能性を読みとるし、友人や家族のいなさそうな一人暮らしの隣人が潜在的なサイコパスじゃないかと常に警戒を緩められない。私たちの時代の孤独は、裕福な者だけが享受できる贅沢(ぜいたく)な余裕になったの。孤独の再発見っていうのはこういうこと。孤独って単語が似合うヨガとか瞑想みたいなプログラムやオーガニック商品にどんなのかあるか、ちょっと調べてみて」

ユンギョンがしゃべっている間にも、記者たちはスマートフォンを手放さなかった。孤独を再び発見するため、彼らはただちにネットで検索する勢いだった。確かに……会議を終え、自分の席に戻りながらユンギョンは思った。自分が孤立してないことを自ら証明しなければならないこの社会においてスマートフォンはいかに不可欠な道具(アイテム)か。スマートフォンのおかげで、私たちは孤立から脱け出し、二十四時間誰とでもつながっていられる。スマートフォンを手に、親指を左から右に数センチ動かしただけで、驚くべき新世界が目の前に広がる。

今、誰がどんな人気店で何の料理を食べているか、今しがた読みおえた小説は星いくつか、旅先で自分が出会った驚くべき風景は何だったのか、リアルタイムで分かるこの新世界に孤独のための席はない。ハマグリ釜飯みたいなのを撮って友だちのためにツイッターに挙げるとき、私たちは無意識にこう言っているはずだ。私はひとりじゃありません。あなたがたと私はこの写真でつながってます。つながっているゆえ、私は無害です。ゆえに〝私たち〟は友だちなのです。親交でつながるこの世界は、それゆえクリアだ。各人は〝私たち〟によってつながっている。〝私たち〟は記憶を共有し、判断もともに下す。〝私たち〟は孤立しない。〝私たち〟は絶対に自殺もしない。

自殺という語をそう思い浮かべたとたん、ユンギョンの頭の中には誰かが水に飛び込むような音が響く。鎮南で生まれ育った女性、そのうえ鎮南女子高に通いながら毎年烈女閣を参拝した女性にとって自殺とはそんなものだからだ。だからなの？　ひとりだったからあの子は十九で子供を産み、海に飛び込んだの？　ユンギョンは思った。

南海岸が台風九号〝蝶〟の圏内に入りつつある八月一週目の金曜だった。至急チェックしなければならない〆切も、数日前からとりつけてある約束も、終業間際に、今日、時間ある？　とかかってくる電話もない金曜日、なんだか不思議にすら思える帰宅路だとユンギョンは思った。家路につく車でびっしりの江辺北路で、始まったばかりの〈裵哲秀の音楽キャンプ〉を聞いていると、イライラどころか急に、終業時刻と同時に帰宅する人はどれだけ寂しいのだろうか、といったふうな、てんでおかしなことを考えた。この人たちは待ってる家族がいるから、こうして一生懸命帰ってるはずなのに、なんだってそんなことを？　いずれにせよ、時速二十キロ未満で渋滞した自動車専用道路、大学時代、大好きだったラジオ番組のテーマ音楽を聞いていると、普段は感じられない不思議な気がしたけれど、ともあれこれが寂しさのようだ。

がらんとしたマンションに戻ったユンギョンは、シャワーをしたあと、テレビつけっぱなしでスマートフォンをのぞき込んだ。メッセージに出ている文字を見て、メールを読み、カカオトークでメッセージを送り、ツイッターのタイムラインをアップデートした。そのたびにユンギョンはミョンジンのことを考えた。ミョンジンを思っても彼の顔はちっとも思い出せず、ただ彼の胸が思い出されるばかり。顔が思い出せないのに彼を望んでいるなんて、彼じゃなくたって男なら誰でもいいってこと？　もちろんそうじゃないと、これまでの恋愛からよく分かっているユンギョンだったが、ふとそんな気がしたのだ。いまわしい欲望、虫酸が走る寂しさ。四十以降は全く別のホルモンが作用するのなら、そんな顔すらない欲望や対象が曖昧な寂しさなど、永遠に感じなくさせるホルモンだったらいいのに。

テレビでは、教育テレビの〈世界テーマ紀行〉という旅行ドキュメンタリーをやっていた。その日の訪問先はフィリピン最北端に位置するバタネスという島だった。進行役として出演する髭もじゃの旅行作家は、風に帽子を飛ばされまいと右手でしっかり押さえたまま、バタネスは台風がいたってありふれた場所、時速二百四十キロ以上の強風だけを台風と呼んでいると言った。録音された音の半分は風の音だった。台風の中を歩いている人のふらつきがありありと感じられた。ユンギョンにもそんな台風の中を歩いているような時期があった。大学に入学したころからつきあっていた彼氏と別れた一九九五年のラスト三ヶ月。十月、十一月、十二月、その三ヶ月間、ユンギョンは都合四人の男から告白された。みな頭がおかしいんじゃないかと思うほどだった。男たちの告白を断って帰る家路の寂しさといったら。下宿に戻る8番バスの中で、秋日よき大学路(テハンノ)のオープンカフェで、待ち合わせ時間まであって誰かの詩集でも手に取って読んでいた教保(キョボ)文庫の文学コーナーで、ユンギョンは不意に涙した。ユンギョンはその男たちの誰一人、頭がおかしかったり、発情していたのではないと分かっていた。人間は黙っていたら、自然と孤独になる存在だからだ。

　どういうわけか、しきりとそのころのことが頭をかすめた。これまで恋愛しながら、ユンギョンは一度も主導権を握られたことがなかったのに、やはり四十以降は全く別のホルモンが作用するのか？　主導権はおろか、耐えるのも苦痛なほど、ユンギョンは寂しかった。自身の思いとは裏腹に、安っぽい孤独は相も変わらず散らばっていた。孤独にならないよう、私たちは私たち（ウリ）として行動したが、その私たち（ウリ）の中でそれぞれは孤独だった。孤独な人間は必ず別の人間に手を差し伸べるようになっている。ユンギョンは他人を自分の思い通りに動かすために、長年この気づきを利用していた。そして絶えず新しいメッセージがあがるタイムラインをのぞき込んでいると、自分が既にそのわなに嵌（は）まっていると分かった。よし、どっちが勝つかやってみよう。ミョンジンが降参するまで連絡すまい。ユンギョンの一方が決意した。でも先に連絡を断ったのはあっちよ。もう一方が寂しげな声でささやいた。

虚ろな瞳でタイムラインを読んでいくうちに、ユンギョンはツイッターに〝ところで私はよく覚えてないんだけど、ジウンはどうして自殺したの？　寂しかったから？　誰か知ってる人？〟と書いていた。夜ふけにユンギョンはミョンジンに電話したけれど、彼は電話に出なかった。翌朝、目を覚ますと同時に、ユンギョンはスマートフォンを取り、ミョンジンからのメッセージを確認したが、相変わらず何の返事もなかった。代わりにツイッターには十時間前にユジンから送られてきたメンションがあった。

「私たちがあの子を殺したんじゃない」

これを目にした瞬間、ユンギョンの頭の中に忽然と、これまですっかり忘れて過ごしてきたものが思い出された。八七年のある夏の日、登校時間の校門横に貼られていた壁新聞。白い大判紙に黒と赤のマジックでしっかり書かれた怒りの文字が。言われてみると、あのころ怒りは寂しかったが、孤独はそれほど寂しくなかったように思う。

毎日一つの昼が終末を告げる

私たちが中学生だった一九八三年。毎週日曜の朝、ＭＢＣで〈一〇〇〇年女王〉という日本の連続アニメが放送されていた。このアニメは一九九九年九月九日零時九分九秒に、千年周期のある遊星が地球に接近し、人類が滅亡するという終末論を背景としていた。そのころ私たちはこんなことを考えた。一九九九年って言ったら私たちは三十歳だから、充分人生を生きてるし、地球が滅んだとしても、何か心残りある？〈一〇〇〇年女王〉が言うところの終末である一九九九年を過ぎてみると、人生は決してたやすく終わるものではなかった。とはいえ、三十になりながら、熱く明るかった昼の人生は終わりを告げたような気がした。あとは暗く冷ややかな、言わば夜の人生の始まりだった。昼と夜はこれほどまで違うのに、なぜひとくくりにして一日と言うのか。同様に、三十前と後はあまりにも違うのに、私たちはそれを一つの人生と呼んでいる。

昼の人生と夜の人生、そのあいだのある地点で、私たちはそれぞれ、長年そうなるのが決まっていたかのように、誰かと出会い、愛なるものをする。その中で誰かとは永遠に別れ、違う誰かとは一生ともに暮らしもする。その間、私たちが恋愛話で盛り上がっていたカフェの角席は、私たちより後に生まれた女性たちのものになり、代わりに私たちは深夜、受話器を握って座り込み、人生で起こるさまざまな細々したことを騒ぎ立てる。姑の小言、無責任で自分勝手な夫、腹の肉のように私にすがりついてくる子供について、私たちは不満をあげつらい、また同意を求める。だが、三十代中盤を過ぎると、そんな日々さえ過去のもの、電話のベルももう鳴らなくなりつつ、一つの人生は徐々に光を失っていった。そのときはじめて私たちは気づく。西にオレンジ色の空が閉ざされると同時に、反対側から瀝青（れきせい）色の波が押し寄せる黄昏の風景に私たちが魅了されるのは、それが終末の風景に似ているからだと。毎日一つの昼が終末を告げる。夜はそのあとも生き残った者たちの空間だ。

ならば、私たちにとっての洋館は、夜の家とも言えまいか？　市役所の横道を歩いていると、母校鎮南女子高の裏山にある烈女閣と、左の丘の上にある洋館は同じくらいの高さに見えた。午前中は分からないけれど、下校途中、ときどき後ろを振り返ると、これらの建物の影が校舎にかかっている感じがした。もちろん、それほど高くない建物だから、影がそんなに長くなることはなかったろう。にもかかわらず、太陽が二つの建物の背後を過ぎる午後四時以降の校内は、影の空間に変わったみたいだった。学校がこうなら、洋館はどう表現したらいいだろう？　今でも洋館のことを考えると、なぜだか気分はすぐれない。十代のころ、私たちは洋館と言われると、汚染、不吉、堕落といった単語を思い浮かべた。それはたぶん日本植民地期の終わり、家族全員が去った洋館をひとり守っていた白人少女アリスの呪いがその家にかかっているという噂のせいだと思う。一九八一年に始まる鎮南造船工業会長イ・ソンホ一家の没落は、その噂の火に油を注いだも同然だった。

噂によれば、第二次大戦が終結し次第、娘の遺骸を取りに必ず戻ると言っていたマックリーン牧師の誓いが守られる可能性が低くなると、失望したアリスの怨霊がイ・ソンホ一家の人々を順に襲いはじめたというのだ。手始めに八一年、イ・ソンホ会長が老衰でこの世を去った。誰もが会長は寝ているあいだに息を引き取ったと思っていたが、実は朝起きると洋館の裏庭に倒れていたという噂が出まわった。翌年には、嫁ホン・シンへの首つり自殺があった。普段からうつ病がひどく、これまでも何度か自殺を試みていたので、今さら感がなくはなかったが、結果的に彼女の自殺もやはり呪いの一部と見るべきだ。アリスの呪いは八七年六月、鎮南造船工業の経営権が奪われたあと、洋館へ戻らず、鎮南ホテルで暮らしていた長男イ・サンスが、自家用の黒いグラナダを走らせ、海に突っ込みながら、幕を下ろしはじめた。車には彼の若い恋人も乗っていた。

イ・サンスの死後、残された家族は鎮南を離れ、洋館は長年イ・サンス一家の仕事を手伝っていたイム・ギュシクが管理して住んでいた。そして二〇〇五年、イムがガンで亡くなると、ついに洋館は空き家となった。その間、イムが住みながら管理していたと述べたが、人の息のかからないところで徐々に崩れつつ、洋館は次第に廃屋と化していた。その後、鎮南には珍しい近代建築という点を鑑み、市が買い取って観光地として保存すべしという意見が何度か出された。だがその都度、市当局から返ってくる回答は、所有者と連絡がとれない、だった。登記簿原本上の所有者はイ・ヒジェとなっていた。鎮南に暮らす同世代なら、イ・ヒジェを覚えていよう。登記簿の原本が語るところは二つ。いくら短期間で没落したとはいえ、洋館を含むイ・ソンホ一族の隠し財産は少なくないはずで、それが全部イ・ヒジェに相続されたろうこと、そしてまだイ・ヒジェは自殺していないことだった。イ・ヒジェが生きている限り、洋館の悲劇は結末を見まいと人々は口にした。

幕が再び上がったのは、それから十三年がたった二〇一二年夏のこと。私たちのうち、新たな幕が上がった洋館を一番先に訪れたのはジョンヒだった。ジョンヒには小学六年になる一人息子がいた。鎮南の一般小学生同様、ジンホも学校が終わったあと、英才クラス、テコンドー、英語、論述など、多種多様な塾に寄らないと帰宅できなかった。

玄関を開けて帰ってきたジンホは、カバンを放り投げるなり、パソコンに駆け寄った。手を洗えと言っても、英才クラスの宿題で調べものがあると、パソコンから立ち上げた。どんなによい目的を持っていても、一旦パソコンをつけたが最後、ジンホはネットゲームをする羽目になる。数日前、ヒョンスクから聞いた話によれば、パソコンの前に座った子供にちょっとは有意義にパソコンを使えと言うのは、トイレに座る子供に勉強しろと言うのと同じ。「子供にとってトイレはうんちする場所、パソコンの前はゲームする場所。用を終えたのにぐずぐずしてたら、早く立てと言ってあげるのが、母親の役目よ」とヒョンスクは言った。一理ある。

「何のまね？　帰ってくるなりパソコンつけるなんて！　こら、早く立て！」

ジョンヒがジンホの背中を叩きながら言った。

「何すんだよ。英才クラスの宿題で調べものがあるって言ったじゃん」

ジンホはうらめしそうにジョンヒを見つめた。

「宿題って何？　連絡帳出して」

「地元に伝わる民話や伝説を記事体で整理」

「烈女のこと書きなさい」

「母さん！　池にダイビングしたおばさんの話は、ゲロが出るほどいっぱい書いたよ。他の子たちもみんなそれ書いてくんだって。何か新しいのが要るんだ」

「チッ、えらそうに。で、どうするつもり？」

「あそこの上に物語博物館ができたってさ。だから検索するんだ。ちょっと待っててよ」

ジンホがネイバーの検索窓に〝鎮南　物語　博物館〟と打った。すると、一番上のサイトに〝風の言葉アーカイブ〟というリンクとともに、〝慶尚南道鎮南市祠堂洞所在、物語博物館、生活史アーカイブ、秘密の庭〟という説明があった。祠堂洞と言えば、鎮南女子高がある場所だが、そんな博物館は初耳、ジョンヒはジンホに、位置情報をクリックして、と言った。すると、星八・七個とともに、風の言葉アーカイブを表示した地図が出た。詳細説明に〝風の言葉アーカイブは一九二五年、オーストラリア長老会宣教部所属のマックリーン夫婦が建築した由緒ある洋風邸宅をリフォームした鎮南地域の物語博物館であり、生活史のアーカイブです。アーカイブでは二〇〇九年より、かつて鎮南市を中心に広まっていた口伝の物語や関連資料を収集しはじめました。形態は映像資料、口述資料、インタビュー、関連物品などから構成されており、関心のある学生や市民に無料提供しています〟と書かれてあった。写真情報には詳細説明にあった、〝由緒ある洋風邸宅〟の外観が出ていた。

「変ね。ここ、洋館だけど。いつの間にこんなふうに変わったのかしら？」

ジョンヒは首をかしげた。

「開館してまもないよ。ここは他の子たちも知らないぞ」

ジンホが言った。

「ねぇ、あんたなんでこんなの知ってるのよ」

「僕がパソコンでゲームばかりしてると思ったら大間違いだよ」

ジンホは胸を張りながら言った。

洋館には鎮南造船工業株式会社の会長イ・サンス一家が住んでいた。一家は一九八五年、瞬く間に没落し、鎮南造船工業株式会社は会社更生手続きに入り、大企業である未来（ミレ）重工業に売却されたのち、社名が鎮南ＳＮＧに変わった。会社更生手続きに入ると、会長一家の目につく財産は全て債権団に渡ったが、その中に会長一家の私宅である洋館も含まれていた。だが、洋館は数度の入札不調の末、イ・サンスの専属運転手イム・ギュシクの手に渡った。イ・サンス一家の突然の没落を巡って騒がれた多くの話題の中には、洋館に関するものもあった。洋館は元所有者だったオーストラリア人宣教師の死んだ娘にまつわるよくない噂が多すぎて競売が成立せず、だからサンスが運転手から再び買い戻したという話。それもそのはず、破産したサンスが病気になった若い恋人と一緒に車に乗ったまま鎮南の海岸に突っ込み、ついに一家が完全に没落するまで、洋館には彼の息子が暮らしていたからだ。

　洋館の悲劇について調べるのが目的なら、必ずしもそのアーカイブまで行く必要はなかろう。各自が聞いていた話を一箇所に集めて比べれば、細部は少しずつ違っていても、大枠で見ると大同小異だったからだ。例えば、こんな話。一九二二年に結婚したあと、朝鮮宣教に向かったオーストラリア長老会所属のマックリーン夫婦は、純然に見晴らしのよさを理由に、以前祠（ほこら）があったその場所に洋風住宅を建てはじめた。今でも多くの人々に深い印象を与える外観の花崗岩は、鎮南北部の頭輪山（トウリュンサン）で採れた石材だったが、それ以外の内装材は日本から輸入、とりわけ厨房用品はイギリスに発注したそうだ。おかげで初の洋館が完成したとき、近隣地域からも見学に訪れるほど、人々の関心は高かったという。

マックリーン夫婦はその家に住みながら二男一女を授かったが、一九三九年、六歳だった末娘アリスの失踪事件が発生する。白人の子ゆえ、どこか遠くに行ったのなら、必ず人目についたはず、近隣で事故に遭ったに違いないというのが当時の警察の推測、のちにそれは事実となる。洋館から二百メートルもない池の水を全部抜くと、頭から泥に突っ込んだ子供の遺体が見つかったのだ。そこは文禄の役の際、日本兵の凌辱を避けた星州(ソンジュ)李氏が自刃した池、宣教師の娘がそこで死んだことが知れ渡ると、噂は雪玉式に膨れ上がった。当然のことながら、当時の人々は星州李氏の霊が白人宣教師の建てた洋風邸宅に怒り、その娘をつれていったと考えた。

遺体は収容されたあと、洋館裏のなだらかな丘に埋められた。今は木が生い茂り、小さな林になっているが、そのころはまだ年じゅう陽が当たる場所、宣教師夫婦は安心した。そこなら長いあいだ池に沈んでいた子供の体がよく乾きそうだったからだ。彼らは娘の魂を鎮める墓石も作った。二年後、日本の神社参拝問題と正面から衝突しつつ、慶尚(キョンサン)南道地域に留まっていたオーストラリア長老会の宣教師は本国に追放されはじめた。マックリーン夫婦は娘の亡骸とともに帰るのを切に祈ったが、神はその祈りを聞き入れてくださらなかった。全ては神の意のまま、夫婦はその意を謙虚に受け止め、最後の挨拶とともに、不慣れな他国に娘の魂を置き去りにしたまま鎮南を去った。

そして終戦を迎えるまで、オーストラリア長老会宣教部の財産だった洋館から人足は途絶えていた。第二次大戦が終局に差しかかった一九四一年から四五年までの鎮南について覚えている者は多くない。思い出すことがないこともあったし、思い出したくないことも多い、言わば暗黒期だった。だけど、家族全員が去った邸宅に一人取り残された白人少女アリスの姿が最も多く目撃されたのもちょうどその時期だ。帳が下りたあと、洋館の窓に白い服を着た少女の姿を見た人、深夜零時過ぎ、洋館がある丘の方角に光るものを目撃した人は少なくなかった。終戦直後、大阪から帰国したイ・ソンホ一家が教会から洋館を買い取って入居したのは四六年のことだ。それはイ・ソンホが林造船所を引き継いでイ・ソンホ造船所を創業した年でもある。

〝05:23〟というデジタル数字を見て車を降りたが、風の言葉アーカイブのガラス扉に貼られた観覧時間を見ると、閉館は午後六時、ジョンヒは焦りを感じずにいられなかった。慌ててジンホを前に、扉を開けて中に入ると、真っ先に壁に〝ひとり洋館を守っていた白人少女〟と印刷された文字が見えた。そのタイトルの下には、私たちがよく知る宣教師の一人娘アリスについて書かれてあった。「私って昔から勘がいいでしょ。すぐにピンときたわ。風の言葉というのは風説の意味だって」。というのは、ジョンヒの後日談。期待十分なうえ、入るなりおばけなものだから、ジンホははしゃぎまくった。

「ママ、ママ。このおばけ、今でも見れるの?」

ジンホが訊いてきた。

「おばけでも何でも、見るにしたって、とりあえずあんたは宿題が先。早くこれでもメモしなさい」

ジンホはカバンからノートを取り出し、壁の文字を写しはじめた。その間、ジョンヒは観覧ルートを示す矢印に従って歩いた。第一展示室には〝没落の物語〟というタイトルがついていた。室内は電気が消えていて暗かったが、ジョンヒが入るとセンサーが作動し、照明がついた。展示室に入ってすぐ、ジョンヒは〝没落の物語〟の意味が分かった。そこには草創期の日本植民地時代、鎮南港の林造船所が稼働する様子、終戦後、イ・ソンホ造船所になったあとの風景などを撮った写真とともに、〝鎮南の地元企業、鎮南造船工業の栄光と挫折〟というタイトルがつけられていた。私たちは林造船所もイ・ソンホ造船所もよく知らない。だけど、株式会社鎮南造船工業はよく知っており、イ・ソンホ会長一家の没落にまつわる話を何度となく聞かされていた。壁に貼られた文字には、イ・ソンホ造船所が鎮南造船工業になったのは、一九六四年のことだとあった。

　私たちはイ・ソンホ会長が生前どんな善行をしたか、いい人だったか悪い人だったかは知らないけれど、彼の葬儀だけは今でも覚えている。壁には八一年、中央路(チュンアンロ)を埋め尽くすほど大々的だったその葬儀行列の写真が展示されていた。花駕籠(かご)のあとに続く数十個の輓章(もんしょう)が一斉に風の向きになびいていた。タイトルに出てくる鎮南造船工業の栄光が何かは知らないが、その挫折が輓章の波とともに始まるのは私たちも知っていた。ところがおかしなこともあるものだ。当時を思い浮かべると、どういうわけか、一個人の葬儀ではなく、一時代の弔鐘(ちょうしょう)が鳴る風景として思い出されるのである。風で一斉に同じ方向になびく輓章は、あるいは私たちの幼年期の最後を告げる送別の辞のリーダー記号みたいなものだったのかもしれない。

　展示室には他にも、これまで鎮南で無念にも死んだり、急に没落した家系に関する話や彼らの遺品が展示されていた。シミがついた中折帽や半分ほど割れた瓦などを見ていると、何のまねかと思われて、ジョンヒは少し不安になった。いったい全体こんなのを観覧しろと展示までするなんて……。片隅の壁には、どうやって集めたのか、さまざまな家族が撮った白黒の記念写真がびっしり貼ってあった。横には、鎮南の田舎農家を回りながら母屋の壁にあった写真を集めたものとあり、ここに写っている人々は二〇一二年現在、大部分が亡くなったというキャプションがつけてあった。おさげ髪に白襟つきの黒い制服を着た女子生徒、まげを結いマゴジャを着た老人、チマチョゴリ姿で並んだ三人の女など、ぱっと見でもかなり昔、当然もう死んでいるだろうが、それをそういうふうに書いてあるから、ジョンヒはなんだかぞっとした。

ジンホにアリスのことを写しおえたか訊いて家に帰ろうと思ったとき、前方の暗闇で小柄な人が自分に向かって手招きする姿が見えた。瞬時にアリスを思い出しながら、ジョンヒは全身の身の毛がよだつ。思わず二歩ほど後ずさると、暗かった展示室に明かりがついてジンホだと気づく。

「こら、いつの間にそんなとこまで行ってたの？」

ジョンヒが声を上げた。

「ママ、こっち来て。こっちにもっと面白いのがある」

ジンホは彼女に手招きしつづけた。ジンホが立っている展示室には〝第二展示室　愛の談話〟というタイトルがついていた。ジョンヒは第二展示室に向かった。

「ジンホ！　宿題は終わったの？」

ジョンヒは叫んだ。

「うん。白人おばけ少女アリスは書きおわった。でさ、ママ！　ここにママの名前もあるよ。鎮南女子高一年四組ソ・ジョンヒ」

「えっ？」

ジョンヒは仰天した。なぜ自分の名がこんなところに？　ジョンヒはジンホのほうに歩み寄り、壁を見つめた。ハロゲン灯で明るく照らされた壁には、拡大のしすぎでぼやけた一枚のカラー写真がかけてあった。カラーはどこかしら生気を失っているようにかすかだった。写真では五人の少女が、腰に右手を当てたり、腕組みしたり、各自でポーズを取って立っていた。下の説明文を見なくても、ジョンヒはその少女たちの名前が分かった。左から順に、キム・ユンギョン、チョ・ユジン、キム・ミオク、チョン・ジウン、ソ・ジョンヒ。

私には翼があるの、それがこの子よ

私たちの思春期の典型的な風景の一つは、ソウルオリンピック開幕まであと何日かを示す市役所のカウントボードだった。いつからそんなボードがそこに設置されていたか知らないが、D・デイを意味するアルファベットDはそのままに、後ろ三ケタの数字を変えられるよう作ってあることからして、残り九九九日からカウントダウンをはじめたのかもしれない。三年は合計一〇九五日だから、としたら奇しくも高校三年間、私たちはこのカウントボードの数字が毎日一つずつ減るのを見守っていたことになる。私たちの少女時代の終末を告げるカウントダウンと言ってもよいだろう。その数字が毎日一つずつ減っていった数年間、私たちは暇さえあれば、時の流れが遅すぎると愚痴をこぼしていたけれど、それは率直な気持ちだった。ご承知の通り、世の中にゆっくりやってくる終末はない。終末は常に突然訪れる。早い遅いの差こそあれ、私たちの少女時代も同じだった。だけど、ミオクにだけは遅すぎた。

風の言葉アーカイブ第二展示室に陳列された紙切れを見た瞬間、ミオクは心臓が止まるかと思った。くしゃくしゃのその紙には、誰かの手で〝先生、チョン・ジウンは雑巾です〟と殴り書きしてあった。それを見た瞬間、ミオクは自分の少女時代がまだ終わっていないことに気がついた。それは小学四年のころだったか、近所のお兄さんたちについて裏山の峰を二つも越えてゆき、掘って食べた葛の根の味を連想させた。土がついたただの根を食べる気は毛頭なかったのに、一緒に行った子がみなおいしそうにほおばるから、除け者にされまいと口に含んだ。最初は苦いだけ。だけど、噛みつづければ、甘みがしてくると言われ、ミオクはぐっとこらえて噛みつづけた。だが、みなが言う甘みというのは、自分の知っている甘みと同じなのか、確信を持てなかった。千年万年噛んだとしても、その根が砂糖のように甘くなりそうにはなかった。なのに、「どう？　もう甘くなったでしょ？」と訊かれたとき、ミオクはええとうなずいた。みなの暗黙の期待を裏切りたくなかったのである。もうみんなが自分を見なくなると、口の中にあったそれを、土と唾と津液と繊維質の入り混じったその何かを、こっそり吐き出した。そのときもまだ葛の根は甘くなっていなかった。
これほど長い月日が流れ、もう二十四年前は前世のことのよう、はるかかなたにもかかわらず、そのころを思い出すと、ミオクの胸はいまだに痛んだ。ミオクは自分がいつその紙切れをチェ・ソンシクに向かって投げたか考えた。たぶん、失語症で言葉を失ったというチョン・ジウンが初めて級友の前で詩を詠み、その姿をチェ・ソンシクが満面の笑みを浮かべて誇らしげに見守っていた日以降のいつかだろう。ミオクがチェに投じた紙切れ(だが、それが二十六年前、ミオクの投じた原物なはずはなく、何者かが真似て書いたものだった)の横には、あの日、ジウンが詠んだプレヴェールの詩、「劣等生」が壁に印刷されていた。

あたまは「いやだ」と横にふり
心のなかで「いいよ」という
愛するものに「いいよ」といい
教授先生には「いやだ」という

起立して
質問されて
問題がすっかり出そろうと
いきなりげらげら笑いだし
何もかも消す　何もかも
数字も　ことばも
年月日も　名前も
文章も　罫も
先生はとびきり渋い顔
優等生は囃（はや）したてるけれど
いろんな色のチョークをとって
ふしあわせの黒板に
しあわせの貌（かたち）をえがく。

ジウンが詩を詠みおわると、チェ・ソンシクはなぜこれまでジウンが失語症になっていたのか説明した。このときミオクは、ジウンの父親が二年前、鎮南造船所のタワークレーンから投身自殺したその人だと知った。その日の夕方、ミオクは帰宅するなり、アルバムの、春遠足でジウン以下友だちと撮った写真をビリビリに破いてしまった。ジウンの父がいなければ、ミオクの父が生活館に籠城することもなかった。そうしたら、ミオクが父なしで育つこともなかったはず、貧しさも、母親との不和もなかったろう。ミオクは自分の人生を一変させたジウンの父親が心の底から憎かった。したがって、ジウンを気にいるはずもなかった。

でもそのころはまだ一人でジウンに嫌がらせをする程度だったか？　ミオクが本格的に悪意あるジウンの噂を流しはじめたのは、一九八七年二月十四日の土曜日、バレンタインデーが過ぎてからだった。その日、ミオクはチェ・ソンシク先生にプレゼントするチョコレートを買って、また学校にのぼっていった。匿名の手紙とともに、迷いに迷って選んだ青い包装紙で真心こめて包んだチョコレートの箱をカバンに隠し、スパイ映画でも撮っているかのように左右を伺いながら、こっそりと職員室へ入った。チェの机にチョコレート箱を置くまでのあいだ、たちまち誰かが職員室のドアを開けて入ってくる気がして、ミオクの心臓は飛び出しそうだった。案の定、当直の先生がドアを開けて入ってきたが、そのときにはミオクもチェの机から遠ざかっていた。ミオクは当番日誌を先生の机に置いてきたところだと言い逃れ、挨拶をして、職員室を脱け出した。ふう……。本館前まで戻ると、自然と安堵のため息が出た。本館前のツバキが一つ二つ、つぼみをつける時期(ころ)だった。そのつぼみはどんなに赤くきれいだったか。そして先生の机の上に誰からのプレゼントもなかったこと。ミオクは気分爽快だった。

　そうして本館から出て歩いていると人気(ひとけ)を感じ、右を見ると、図書室に入っていくチェ・ソンシクの後ろ姿が見えた。だったら、チョコレートをこっそり置いた身として、彼に見つからぬよう、素早く木の後ろや本館の蔭に隠れるべきはずなのに、ミオクは思わず「先生!」と呼びかけた。なぜ呼びかけたのだろう? たぶん「そっちに行かないでください」と言おうとしたのかもしれない。そのころの図書室にはジウンが主(ぬし)のようにいつも引きこもっていると知っていたからだ。ただでさえ二人のあいだによからぬ噂が立っているのに、こんな状況でまた図書室で二人がいるのを誰かに見られでもしたら、本当に面倒なことになると、ミオクは心配したのである。そのときミオクはまだ、自分の目を見ながら、チョン・ジウンが不憫(ふびん)なので何とかしたいだけ、変な気は絶対にない、というチェの言葉を固く信じていた。だから、噂通り二人が図書室でキスしたのが仮に事実だとしても、それはジウンがその若い教師を誘惑するから、仕方なくしたのだろうとミオクは思っていた。

だから彼に呼びかけたのに、運悪く、彼はミオクの声を聞き取れなかった。彼にミオクの声が聞こえていたら、全ては変わっていたかもしれない。ミオクの声を聞いたら、彼は図書室に入っていかなかったはずだ。とすると、ミオクがチェを追い、図書室に入ることもなかったはずだ。とすると、興奮に勝てなかったチェがジウンを抱くことはなかったはずだ。とすると、あとをついて閉架式書庫に入り、チェとジウンがもつれ合う光景を見ることもなかったはずだ。ミオクは慌てて口に手を当てた。床にもつれ合った二人はミオクがいるのに気づいていなかった。

第二展示室の片隅にある壁ガラスの中には、七つのモニターが一列に並んでいた。それぞれのモニターは関連資料の画面に合わせて編集された約三十分ぶんのインタビューを見せていた。ミオクがユジンの顔を見たのは〝その気持ちを教えてください〟というタイトルがついたモニターだ。ミオクがユジンを最後に見たのは二〇〇二年。まだ最初の映画を撮る前、ユジンが脚本と助監督をしているときだった。何かのついでで地元に寄ったのか、黄色く染めた髪に白いタンクトップ姿の、見るからに鎮南人でない若い女性と鎮南市場を歩いていた。ジウンが自殺したと知らされたとき、地面にしゃがみ込み、地団駄を踏みながら、大粒の涙をこぼしていた面影は全く窺い知れなかった。このときもミオクはユジンに声をかけなかった。一九八八年、夜になると図書室の窓にたびたびおかしな物体がちらついていると、学校側で図書室の錠を交換する騒動が起こったその年の夏休み明け、ユジンに向かって「あんたとは絶交よ、このあばずれ！」と叫んで以来、ずっとそうだったように。だが、モニターに登場したユジンの顔には再び肉がついていて、高校時代の面影があった。

最初、ミオクはこの映像が鎮南出身の映画監督、チョ・ユジンの作品世界にスポットライトを当てていると思い、他の展示物を見ようと踵（きびす）を返しかけて、その名を聞いた。チョン・ジウン。ミオクはモニターのユジンに向かって振り返った。ユジンはまるでそこにミオクがいると分かっているかのように、彼女から視線を離さなかった。ミオクは途中から映像を見たため、十七分ほどの残りを見おわったあと、もういっぺん最初から見た。

「私は今、ロンドンのウォータールー駅から汽車で一時間ほどのところにある南西郊外のキングストーンというところにいます。近くには韓国人が大勢暮らすニューモルドンとテニス大会で有名なウィンブルドンがあります。美しい港町、鎮南が故郷なせいか、毎日テムズ川のほとりを散歩しながら、南海（ナメ）のことを考えます。はじめまして。私の名前はチョ・ユジン、映画監督をしています」

そう自己紹介が終わると、〝私が語る私の映画〟というタイトルが過ぎ、これまでにユジンが監督をした二本の映画に登場するスチル写真をバックにユジンの声が聞こえてきた。

「私の映画で重要な象徴として登場するのは翼です。例えばこんな感じです。人と人のあいだには互いの理解をさえぎる深淵が存在します。その深淵を跳び越えないと、他人の本心にはたどりつけません。だから翼が必要なのです。ポイントは私たちが決してこの翼を持てないことです。翼は夢のようなもの。人の気持ちを知るのも同じです。夢のようなこと。あなたの気持ちは分かるわと言うこと自体、ちっとも難しくありませんが、結局私たちに人の気持ちを知る方法（すべ）はありません。じゃあ翼はなぜ存在するのか？　この理由を知っておくべきです。翼は私たちに、空を飛ぶ方法はないと教えるために存在しているのです。翼がなければ、空を飛ぶことすらも考えられなかったはずですから。空を飛べないとも思わなかったでしょう。

ユジンの映画の、翼や鳥が出てくる場面をつないで見せたあと、じっと座っているユジンの上半身の下に、次のような字幕が出た。

Q：いつから人と人との疎通にそれほど懐疑的になったんですか？

「鎮南女子高に通っていたころです。ジウンが子供を授かったとき、真っ先に立った噂は、父親はチェ・ソンシク先生だ、でした。それまでもずっとチェ先生とジウンの噂は絶えなかったので、ありうると、まぁみんなそんな無関心を装ったていで、かなり驚いていた記憶があります。私はありえないと思いました。なので学校の前の文房具屋で大判紙と黒と赤のマジックを買ってきて、私が聞いた内容をもとに壁新聞を作ったんです。放課後の図書室で教え子と不義を働いて妊娠させたチェ・ソンシク先生を糾弾するという、まぁそんな内容の壁新聞でした。新聞は校門横に三十分ほど貼られていたでしょうか。地域住民の申告で、学校の守衛さんがあっという間に剥がしてしまいましたから。ですが、鎮南女子高の在校生が教師告発の壁新聞を校門横に貼った、という通報に駆けつけた警察は、チェ先生について内部調査をしたんです。すぐさま市教育委員会は懲戒委員会を収集し、チェ先生を出頭させましてね。そのとき私はできることなら、チェ先生を本当に監獄まで送るつもりでした。でも、第一回懲戒委員会が終わった直後、状況は一転しました。ジウンに中絶を勧めようと黒砂（コムモレ）まで行ったチェ先生が帰ってくる途中、包丁で刺される事件が起こったんです。それをきっかけに、チェ先生の妻であるシン・ヘスク先生は、ジウンの兄に全てをなすりつけました。彼女のレクチャーで、チェ先生は懲戒委員会に、当該日は図書室が開けられていなかったという内容の図書館日誌、あと、生徒相談員シン・ヘスクとチョン・ジウンの聴取録なるものも提出しました。テープもついてないその聴取録には、兄の事件が理由でチョン・ジウンは不眠症になるほど苦しんでいると書かれていたのです。提出資料はシン先生が二日で急造したもの、つじつまが合ってなかったのに、学校問題なら無条件ふたをするのに慣れている関係者はこの程度で問題をうやむやにしてしまいました。本当です。私は怒（いか）りました」

Q：怒りで状況を変えられましたか？

「鎮南みたいなところじゃ無理でしょう。私は教育委員会と学校の対応に失望するあまり、黒砂までジウンを訪ねていきました。私はそのときジウンをまともな人間と思ってなかったようです。言ってみれば、無知で傷ついた幼い動物くらいに思っていたに違いありません。この子にとって愛とは何？　いったい何なの？　チェ・ソンシクにないそれが、なぜこの子にはそんなに大切なの？　そのときはそう思ってました。無知で傷ついた幼い動物は私のほうとも知らず。そこで私はジウンに子供を堕ろすよう要求しました。はい、〝要求〟したんです。そのときはまだ、ジウンがチェ・ソンシクを愛していて身ごもり、それで子供を産もうと意地を張っていると思っていたのです。なので、言うことを聞かなかったら、引っぱって行ってでも子供を堕ろさせるつもりでした。チェ・ソンシクみたいな人間の子かと思うと、ジウンが不憫でならなかった。なのに、ジウンはそのとき私にこう言いました。あなたは人の気持ちを全部分かるとでも思ってるの？　人と人のあいだを越えられるの？　あなたには翼がある？　私は言葉に詰まりました。そんな私にジウンは、私には翼があるの、それがこの子よ、と言いながら、お腹をさすりました。そのときはそれがどういう意味か全然分からないまま、無知というか、純真というか、とにかくジウンは置かれた状況がちっとも分かってないと思い、若干うんざりして、黒砂から戻りました」

Q：翼なしでは誰も誤解の深淵を越えられない？

「ジウンの兄が父親たりえないのは、シン先生がでっち上げた図書館日誌と聴取録を見たら分かります。おかげでジウンの兄は、妹を犯したうえ、その妹を助けようとした先生に凶器まで振るった不埒者の烙印を押されて実刑判決を受け、ジウンが自殺したあと、永遠に鎮南を去りました。チェ先生に、黒砂に行って子供を堕ろさせたら潔白を信じてやると言ったのは、シン先生です。でも、シン先生はこの事件の第一被害者です。もちろん、ジウンの兄が、いや、ジウンとその娘が第一被害者ですけど。あのときシン先生とチェ先生は新婚でした。おなかにはジウンとほぼ同じ、妊娠五ヶ月の子がいたんです。結局、ジウンが子供を産んだため、シン先生は最後までチェ先生の潔白を信じませんでした。その代わり、その娘を鎮南から遠く離れたところに送るため、ジウンを兄の娘を産んだ子に仕立てあげたんです。恐ろしいまでの母性というか。娘の養子縁組は、母親の意志を一切顧みない強制縁組でした。厳然たる犯罪行為なのに、兄との子だと言われて怖気づき、誰一人それを指摘できなかったんです。逆にシン先生が早くその子を片づけてくれるのを、そして全てが忘れられるのを待つばかり。これがなかったら、ジウンも自殺しなかったはずです。でも、シン先生がジウンを殺したとは言えません。実際、疚(やま)しいという偏見で真実から目をそむけることで、私たち(ウリ)全員がジウンを殺したのです。ですが、真実は疚しくありません。真実は美しいのです」

Q：ではその美しい真実について語ってみますか？

「最初、生徒会長として、私はチェ先生を必ず牢屋に送るつもりでした。絶対に許せないと思いました。だから教頭先生立ち合いのもと、生徒代表としてチェ先生と面談したときも、考えられうる質問は全て投げかけました。そのとき先生は最初、図書室でジウンと口づけしたのは事実だが、それ以上のことはなかったと言いました。だけど、その場面を見た生徒がいて、懲戒委員会に出席して証言する予定だと言ったとたん、先生はものすごくうろたえて、ジウンを抱きしめて倒れたことはあるが、一線は越えていないと言ったんです。それを聞いてよりいっそう、先生の言葉が信じられなくなりました。私たちにチェ先生とジウンのあいだであれが行なわれているのを見たと言ったのはキム・ミオクです。なので、私はミオクを懲戒委員会に送り出そうと説得を重ねました。ところが、いざ懲戒委員会に出席したミオクは、図書室で二人の情事を見たというのは嘘だと言ったのです。二人の関係をねたんだ作り話だと。ショックでした。その嘘の代償は実に大きいものでした。父親はチェ先生だという噂が広まるや、シン先生は我が子を守るため、必死にその噂をかき消そうとしました。そんな中、ジウンの兄がチェ先生を刺す事件が起こり、結果、父親をジウンの兄に帰すことができたんです。結末は？　ご承知の通り。だったら、なぜミオクはそんな嘘をついたのでしょう？　分かりませんでした。後日、ジウンから渡された一枚の写真を見て、やっとその理由を理解できたのです」

Q：どんな写真だったんですか？

「これです。八三年、ジウンの父親が鎮南造船工業に勤務していたとき、同僚らと一緒に撮った写真です。私よりよくご存知でしょうが、その年は鎮南造船工業の経営権を巡り、会長のイ・サンス一家と未来重工業のあいだの軋轢が深刻化していた時期です。そんなとき、翌年、社員食堂の鍋から鼠の死骸が出る事件が発生しました。これをきっかけに、それまでの軍隊を彷彿させる残酷な上命下服の作業文化に反旗を翻した労働者たちが、処遇改善を求めて籠城したのです。このときの株主総会で外部からの攻勢に対し、辛うじて経営権を守った経営陣は、籠城を不従の意志表示と見て、鎮南のごろつきを動員、労働者を強制鎮圧する無理手を打ったんです。家族って言うじゃないですか。造船所の作業員たちは、一つ釜の飯を食いながら働いているから、みな家族なのです。溶接や塗装など、一日じゅう身体を使う仕事だから、みなたくましいのです。血の気が多い性格なのです。そんな人たちを傭兵のごろつきが、まるで市場でシートを敷いて商売する老人たちを相手するように扱うものだから、たちまち酸素ボンベが転がり、モンキースパナが飛び交いました。経験のない田舎のごろつきは、逆に自分たちがやられそうになると、刺身包丁を手に騒ぎを起こしたのです。その最中、一人の若い作業員が出血多量で死亡してしまいました。続きをお話しましょうか？　はい。こうなると解散は不可能、従業員は生活館を占拠して、長期籠城に備えはじめたのです。そのとき、ジウンの父親を中心に臨時指導部を形成したのが、このかたがたです。中でも……」

ユジンがその写真を出した瞬間、ミオクは心臓が破裂しそうになった。「ここにいるこのかたが……」と、モニターの中でユジンは言った。ミオクは画面を消してしまいたかったが、モニターは壁ガラスの中だった。足元に設置されたスピーカーからユジンの言葉が流れた。「キム・ミオクの父親です。生活館で火災が発生したとき、亡くなった四名の作業員中の一人です。私はこのことを、後日、本館前でジウンと娘の姿をカメラに収めたとき、ジウンから初めて聞かされました。二人の父親はこうやって近しかったのに、なぜミオクはあんなにジウンを嫌っていたのか……理由はなんとなく分かりますが、そうする必要があったかは、私にもよく分かりません」とユジンは言った。その言葉を聞いているあいだ、ミオクの顔は赤く染まった。長年、ひとり心にしまっておいた秘密の一つがこうして暴かれつつ、ミオクの少女時代はとうとう終末を告げた。

あそこ、あそこにも、閃光のように誰かの顔が

彼が少年時代を過ごした家に戻ったと聞いたとき、私たちが真っ先に思い浮かべたのは洋館の悲劇だった。大人になれずに死んだ子供がそこに埋葬されているという事実。あのとき池で溺死しなかったら、白人少女アリスは牧師夫婦とともにオーストラリアに帰っていたはずだ。そうなっていたら、この世に鎮南より広い大きな町が無数にあることも、自分が生きてきた人生の数倍以上ある日々が待っていることも知っただろう。そうして月日が流れ、二十世紀後半のある午後、アリスは、人間は幼いころ自分が思っていたよりはるかに長生きすることに気づいたろう。私たちと違わなければ。風の言葉アーカイブのモニターで紹介されている写真に、若い父親を見つけたミオクのように。

その写真ではじめて、鎮南造船所に勤務していた当時の父がいかに若かったか、ミオクは知った。実際、今の私たちは、亡くなったときのミオクの父親より年を取った。なのに、

なぜ人生はこんなにも短く感じられるのだろう？　それは人生が一度きりだからだ。最初から思い通り生きられるなら、人生は一回でも充分だ。だが、初めから思い通りの人生を送る人が何人いるだろう？　一度きりの人生において私たちがしでかす失敗は、それがいくら些細なことでも、取り返しがつかないという点でどれも決定的である。一度きりの人生で、私たちはそんな決定的な失敗を数え切れぬほどやっていると、今なら分かる。だから、人生は一回じゃ全然足りない。三回くらい生きられたらどんなにいいか。一度きりの人生は生きなかった人生と変わりない。

毎晩、誰もいない洋館でひとり夜を明かしながら、彼はその古い家から聞こえるありとあらゆる音声に耳を傾けていた。風で扉ががたつき、遠くの道路を車が通り過ぎる。埠頭に停泊した船から上がる汽笛は鎮南の夜空を長く半分に切り裂いた。庭では虫たちが、裏山ではフクロウが鳴いていた。私は最善を尽くすの。そんな音の合間に、一人の少女の声も聞いた。一回の人生じゃ全然足りないがゆえに聞こえるはずの声だった。私は最善を尽くすの。それはあの日の未明、造船所の社長に頼めば、父を救えるかもしれないと、洋館に向かって走る途中、ジウンが何度もつぶやいていた言葉だと、今の私たちは分かる。

この言葉を思うと、私たちという存在は、限りなくみすぼらしくなる。一人の少女が最善を尽くすため、暗闇の中を駆けていたその夜、私たちは熟睡していたのだから。目覚めてはじめて、私たちはそこに赤い炎と黒い煙が上がっているのに気づいたけれど、炎は私たちを焼き尽くせず、煙は私たちを窒息させられなかった。そこに苦しみと悲しみがあったとすれば、それはあの子の苦しみと悲しみだ。私たちのものになりえない苦しみと悲しみは、苦しくも悲しくもない。私たちとあの子のあいだには深淵があり、苦しみと悲しみはたやすくそれを越えられない。深淵を越え、私たちに届くのは、疚(やま)しさばかり。私たちはその感情が消えるのを願った。そうするしか。そのとき、私たちはまだ十八か十九だったのだ。それぞれが最高の人生を夢見ていたのだ。

　だけど、私たちはもう黒砂に春遠足で行って集合写真を撮る女子高生ではない。私たちは嫉妬心に燃え、ありもしないことを嘘でやり過ごす十代の少女ではない。今なら分かる。世界はどれだけ最善を尽くしてもかなわないことで溢れていると。いや、大半がそうなのだと。だとしたら、夢見ていたのにかなわなかったことは、愛していたのに自分のモノにならなかったものは、みなどこへ行ったのだろう？　風の言葉アーカイブに彼が収集したかったのは、そういうものだった。起こりえた、が、とうとうかなわなかったことを聞かせてくれる話、人と人とのあいだの深淵を越えられず、塵のように舞い散った苦しみと悲しみの記憶、何があったかは語らず、色あせや手垢や傷や書き損じた線のようなものばかり見せつけるもの。

農夫が豊作を願い、ツルが湿地を求めるように、話は最後まで聞かれるのを渇望する。ときどき、彼は呼び鈴の音で目を覚ました。大抵は明け方、目覚めると、寝室の窓は濃い群青色だった。一度目が冴えるともう眠れない。彼は布団から抜け出し、窓を開けて、たばこを吸った。めったにたばこは吸わなかったが、このように明け方目覚め、もう眠れぬまま、たばこばかり考えながら朝日を迎えたあと、彼はいつも枕元にたばこを置き、床に就くのだった。窓を開けると冷たい明け方の空気が寒流のように入り込んできた。空気は青く感じられた。青の空気中に彼はゆっくりと白い煙を吐き出した。一本吸いおわるあいだ、夜通しつけっぱなしの門前の常夜灯は、じっとその場を照らしていた。もう少しすると、海のほうから明らみだし、オレンジ色の常夜灯も少しずつ薄れていった。その灯りをしばらく眺めたあと、彼は窓を閉め、外套を用意して着ると、玄関を開けて外に出た。夢遊病者のように青い空気の中を歩いていると露ですそが濡れた。門まで歩いていった彼は、深呼吸してから門を開けた。もちろんそこに、どこかの少女が待っていることはなかった。全ては一度きり、二度目はないのだから。

顔。彼はあそこ、あそこにも、閃光のように誰かの顔が、鎮南港の明かりの上に、はたまた暗い林から、冷たい窓ガラスを曇らせる息のように現れるのを、すぐまたその顔が曇っていくのを見た。顔は瞬時に現れ、瞬時に消えた。この世に生まれて消えるのが花火のように速かった、死んだ子供たちの顔がみなそうあるように。暗闇で閃光のように誰かの顔が現れて消えるのをいつから彼が見ていたかは、彼がカミラと会ったあと開催した風の言葉アーカイブの特別展〝最も冷たき土地にても〟の分厚い図録に詳しく書かれていた。これに関連する展示物は、上下逆さで壁に貼られた朝鮮半島の地図だった。図録の説明によると、その地図は八六年冬、洋館の書斎に貼られていたものらしい。この話は彼が父親に会うため鎮南ホテルを訪ねた八六年の春から始まる。

「全てをやり直したい。最初から一段一段上がって、前みたいに家を築き上げるつもりだ」

彼の父が言った。

「本当にその気なら、絶対に洋館を人に売っちゃだめだよ。お祖父ちゃんもこの家から始めたじゃないか。全てをやり直したいなら、ここから始めなきゃならないんだ」

彼は父を訪ねた目的をそう明かした。

「もう債権団の手に渡ったから、じき競売にかけられるだろ。俺にどうこうできることじゃない」

面倒くさそうに、彼の父は簡潔に言った。その表情を見て彼は終わったと思った。だが、彼の父は運転手の名義を借り、競売にかけられていた洋館を買い戻した。それは彼の言葉があったからでなく、口寄せをする、とある女性占い師の卦（け）のおかげだった。文禄の役で大活躍した仏教禅師の霊媒となった彼女は、彼の父に、北につきがあると予言した。彼の父は、彼女が十五歳で巫病を患った直後から、重大な決定を下す前になると彼女を訪ね、占ってもらっていた。最初の十年間、つまり経営権を譲り受けた直後は、鎮南造船所が破竹の勢いで成長していたから、神の御加護があったことになる。だがその後、五、六年はハズレの連続だった。代表的なのは食堂の食事と衛生面を改善してほしいという労働者らの真っ当な要求を、暴力で無残にも踏みにじるのに一役買ったことである。なのに、相も変わらず彼女の占い頼みだなんて、情けないことこの上なしだったが、おかげで洋館を売らずに済んだことに彼は満足していた。

彼は父がイ・ミスクという名の若い女をつれて、洋館に入った日のことを今でも覚えている。彼女は台所の食器棚に積まれたロイヤル・ドルトンの皿を見て賛辞を惜しまなかったし、卵形の化粧台の鏡に自分の顔を映しながら髪の毛をいじった。幸いなのは、その年、彼は大学に合格したから、じき洋館を離れられることだった。彼はもう今生の別れだと思い、洋館を去った。家を出るとき、彼は父が一階にあるロトンダの書斎の壁に逆さに貼っていた朝鮮半島の地図を見た。これも占い師の助言のせいだった。造船業に見切りをつけた彼の父は、人脈を駆使して資金を集め、海洋リゾート事業で再起を図る計画だった。ところが、つきは北なはずなのに、新事業は南の海で立ち上げたものだから、苦肉の策として地図を逆さに貼ったのだった。

　地図をそのように貼ると、鎮南の沖はまるで北海に見えた。北海（プッケ）と発音すると、なんだかこの世にない海、最も馴染みのない海を指し示す単語に思えた。地図をひっくり返して南海が北海になれば、洋館は鎮南の北でなく南になるから、結果的に彼の父は不幸の家で住むことになったのか？　その年の十一月になると、父と女は洋館を出て、市内にある三十二坪のマンションで暮らしはじめた。電話して彼が理由を尋ねると、父は女の健康のため、しばらく外で暮らすことにしたと答えた。父曰く、洋館に入った直後から、女は毎晩咳がひどく、結果重度の肺炎になったらしい。彼は女の肺炎が治ったら、また洋館に戻るよう言った。すると彼の父は、生意気な口利きやがって、と立腹したかと思うと電話を切った。彼はまだ八十ウォンも通話時間が余った公衆電話の前に立ち、母のことを想った。

翌日、彼は九ヶ月ぶりに鎮南行きの高速バスに乗った。六時間もかけて鎮南に到着してすぐ、彼はタクシーを捕まえ、洋館まで、と告げた。運転手はルームミラーで彼の目を見ながら、洋館で死んだ白人少女アリスの幽霊がまた出だしたという噂でもちきりだが本当か、と訊いてきた。彼はそんなのは初耳だし、自分はそこに住んでないから分からないと答えた。だが、運転手はその言葉を信じていない様子だった。洋館の前で降りた彼は、タクシーがUターンして立ち去るまで、じっと立って見守った。門は閉まっていた。呼び鈴を押し、声を張り上げても、出てくる人はいなかった。彼は壁を乗り越えた。庭木の葉はすっかり落ち、芝生は枯れ、全てが荒涼としていた。彼は家の裏手に回り、台所に通じる扉の横にあった植木鉢を持ちあげた。お手伝いさんがいつでも出入りできるよう、常時鍵を置いてあったのがそのままだった。彼は勝手口を開けて入った。

何日も暖房を入れてないのか、室内の空気はひんやりとしていた。彼は室内を見回した。食器棚のロイヤル・ドルトンはなかったし、母の化粧台とソファー、それに母が壁に貼ってあったヴァン・ゴッホの絵もなかった。母の息がかかったものは何一つ残っていなかった。その代わり、例の逆さ地図だけは壁にそのままだった。彼はその地図を眺めた。ひょっとして僕らは今、北海にいるのかもしれない。最も冷たい土地、最も馴染みのない海に。彼はつぶやいた。

「なんだって母さんのものを全部なくしちゃったの？」

九ヶ月ぶりに市内のマンションで再会した彼の父は、四十三歳とは思えないほど老けていた。彼の質問に父は顔をしかめた。

「そんなふうに言うなよ。なくしたんじゃなくて、なくなったんだから」

たばこを出してくわえながら、父は言った。

「なくなった？　じゃあ母さんの化粧台に足が生えて勝手に逃げてったとでも？」

「なくなるべくしてなくなったんだ。わざとなくしたんじゃない」

煙を吐きながら父が言った。

「どういうこと？」

「どのみち全部なくなるさ。全部なくなるんだよ。あんな化粧台が何だ。俺の人生は終わりだ。完全に終わった。全てを失ったんだ。よく聞け。俺はあの女を愛している。お前は俺が憎くて八つ裂きにしたかろうが、俺にも本心はある。とにかく俺にとっちゃ大切な女だ。残ったのはあの女一人。なのに、あの女は今調子がよくない。なぜだか分かるか？」

彼は父をじっと見つめた。何の返答も求められてない問いだと分かっていたからだ。
「あの家にいると、あの女は毎晩、女の子を見るからだ」

彼はそのころの父を思い出した。再起に失敗し、破産したまま、毎晩、咳きこむ若い女と三十二坪のマンションで暮らしていたころの父。酒に酔った父は話すときいつも小刻みに身体を震わせていた。今はあのころほど父を憎んでいなかった。つまり、あの家を出て、「拳銃が、一丁でいいから拳銃があれば……」とつぶやきながら、暗い街を駆けていたころほどは。彼はもうあのころの父親より三つも年上になっていた。助祭の言葉通り、どんな過ちでも彼は受け入れられそうだった。父はもちろん、父の罪も。

その女が毎晩見たという女の子を見たのは、そうやって鎮南に来て父に会った二日後だった。その日の午後、洋館から見下ろすと、海霧は熟慮断行した侵略軍さながら瞬時に埠頭へ襲いかかったあと、中央路を市役所方面へまっすぐ押し寄せていた。迅速に占領すべきはここまでというふうに、海霧の進軍はその辺りで止まった。大洪水が起きた世界はこんなだろうか？　全ては白い波の下、方舟のように洋館だけ取り残され、世界の上を漂っているような感じ。海霧は日没までそこに留まり、黄昏になると徐々に洋館も襲いはじめた。彼は窓から霧が押し寄せてくる光景を眺めていた。そして彼はその霧の中に何かがいるのに気づいたのだ。

それはエミリー・ディキンソンの詩が隠されている林にいた。林の中は薄暗く、霧も押し寄せてきていたから、動いていなければ、いるのに気づかなかっただろう。最初その動く何かを目にしたとき、彼は心臓が止まるかと思った。遠くから見ると、それはずっと昔に死んだという白人少女アリスのようでも、ロングスカートに青いパーカーを適当に羽織り、たばこを片手にふらつき歩く母のようでもあったからだ。どっちなのか確認したかった。彼は家を飛び出し、霧の中へ入っていった。涙も近からず、別れも遠くにあるから、代々安らかなれとあったその国へ。

「チョン・ジウン！」

彼が叫ぶと、それは霧の中で動きを止めた。

「君、チョン・ジウンだろ？　こんなとこで何してんだ？　また石、投げにきたのか？」

返事はない。沈黙だけが流れる。霧はだんだん濃くなっていた。彼は足を止めて、立ち止った。じっと耳を傾ける。ついに何か声が聞こえてくるまで。アリス……アリス……アリス……。

「アリス、元気にしてるか見にきたよ」

声は白い林の中から聞こえた。彼は霧の中へもう少し入っていった。

特別展

最も冷たき土地にても

一　一九八五年六月頃、ひびがはいったグラナダの後ろ窓ガラス

いつからか石ころが飛んできはじめた。家を出がけに顔を直撃して額が割れたこともある。僕は後向きに倒れた。いったい何が起きたのか分からず、じっと横たわっていた。一分ほど？　次第に額がうずきだし、手で触れると熱く、指先に何かがついた。目を開けると、あの顔が僕を見下ろしていたかと思うと逃げ出した。その顔を見ると、つかまえる気も起こらない。そうして横たわったまま、空に手を伸ばし、指先を調べた。青空を背景に赤く血のついた手が見えた。女の子は私が石に当たって気絶したと思っていたようだ。その後ももう何度か石ころは飛んできた。晩、庭にいると、闇の向こうから飛んでくることもあった。僕は女の子に、父はもう一年も帰っていないと伝えたかった。石ころは鈍い音を立てながら洋館の壁に当たった。その音が聞こえるたび、僕はその女の子の顔を思い浮

かべた。あるときははっきり思い出され、あるときは全く思い出せなかった。

土曜の晩だった。父に呼び出され、鎮南ホテルに行くため門を出ると、運転手のイムが何者かの後ろ髪をつかみ、地面に押さえつけているのが見えた。倒れている人を見ると、あの顔だった。

「何事です？」

「何度こいつが社長の車に石を投げてきたことか。頭の上をこぶし大の石がすっと通り過ぎるんですが、まともに食らってたら死んでたと思います」

既に何発か平手打ちしたらしいが、さらにイムは足を上げ、その女の子の背中を蹴飛ばした。

「やめてください！」

僕は叫んだ。壁の上の鉄柵にバラが満開の顕忠日［訳注：六月六日］頃だった。足蹴にされた女の子の身体が前にすっと倒れた。両腕に顔を埋め、うつぶせになったまま、女の子は動かなかった。肘と前腕に傷があり、見る見るうちに血が滲んだ。青いＴシャツに黒のスカートを穿いた端正な姿、誰かに石を投げるような子には見えなかった。スカートの下のふくらはぎがキビのように細く白かった。青い血管が河のようにうねっていた。振り返るとイムと目が合った。見透かされているようで、その目つきが卑しくも思えたが、視線を逸らしたくはなかった。僕はあんたとは違う。そんな態度を見せつけたかった。僕は女の子に向かってあごで指図した。

「立ってください」

イムは素早く頭を下げると、その子の肩をつかむ。じたばたするかと思ったが、女の子は身体を起こしながら、イムの手を振り切った。女の子に手をはたかれるや、イムは悪態とともに右手を挙げた。僕は彼の手首をつかみ、行く手を塞いだ。二人が中腰で立っている隙に、女の子はぱっと立ち上がり、数歩下がったかと思うと、右手を振りかざし、何かを投げてきた。石ころだった。石ころは僕らの横に停めてあった黒のグラナダの後部座席の窓に当たった。だけど、窓は無傷だった。僕らが驚いて見つめると、女の子は地面に唾を吐き、路地の向こうへ駆けていった。イムが鎮南女子高の前まで追いかけたが、結局捕まえられなかった。女子中学生だったが、動きは機敏だった。

後部座席に座り、鎮南ホテルへ行く途中、僕はいつだったか告解をしに助任司祭を訪ねたときのことを思い出した。助任司祭は学生ミサで説教した際、鎮南造船所で四人の労働者が焼け死に、一人の労働者がタワークレーンから投身自殺した事件を挙げながら、死者の魂のため祈るよう学生たちに求めた。ミサが終わったあと、僕は司祭館に彼を訪ね、神様は自殺者の魂も救済してくれるのかと訊いた。神父は返事をせず、窓の外を眺めるのみ。窓の外には梧桐が一本立っており、まるで人声に聞こえる鳥の鳴き声がしきりと聞こえた。神父は右手でこぶしを握り、開いたかと思うと、自殺者は死んでも救われない存在だから、我々はその者たちを憐れむべきだと言った。神父の声は震えていた。司祭館の空気は重々しかった。窓を開ければいいのにと思ったが、神父は閉めきったまま座っていた。額から汗が落ちても僕は拭う気になれなかった。

数日後、告解に行き、茶色の木格子の隙間から言った。

「父を殺したいと思いました」

「殺父を考えたんですか?」

平然とした声が聞こえた。〝殺父〟という言葉が馴染みなく感じられた。その声の主は助任司祭だと分かっていた。告解室に助任司祭が入っていくのを見て、あとをついて入ったのだから。助任司祭も父を殺したいのが僕だと分かっていた。なぜなら神父はそのあとこうつけ加えたからだ。

「先月、労働者たちが死んだからですか?」

「違います」

僕は言った。

「父がどんな人であれ、息子はその父親を受け入れなければなりません。なのに、逆に殺そうだなんて、ちょっとやそっとの大罪じゃありませんよ」

「父の罪は僕が受け入れられるものじゃありません」

「罪を審判するのは主のみだとご存知ですよね？」

神父は柔らかな声で言った。僕はさらに何か言おうとしてうなだれた。日曜ミサで我を憐れみ給えというのは、父が母に犯した罪まで赦してくれという意味か？　ならば、その祈りを聞いた主は、父の罪を赦してくださるのか？　父は既に赦されたのか？　いろんな思いが頭をかすめていると、神父は、僕の罪は赦したから、引き続き贖罪（しょくざい）に努めよと命じた。僕は父を殺そうと決意した罪がそうたやすく赦されるとは思っていなかった。主は僕にとって罪を赦してくれるかたでなく、復讐の権限を奪い取るかただった。僕は急に非力になった。そのときのように非力な気持ちで、夕陽が沈む鎮南港を窓から眺めていると、石が当たっていた窓ガラスに突然ひびが入った。

鎮南ホテルのレストランに着くと、年老いた親戚たちのあいだで父は、ギリシアのアクロポリスを行き交う哲学者などが着そうなチューニックスタイルのワンピースをまとった若い女と並んで座っていた。その女は若くて思いやりがあった。しゃべるときは、鎮南の女と違い、歌っているように聞こえた。ときどき、右手で横に座る僕の左手をつかみ、ウインクしながら力を入れた。そんなときはまな板の上の鯉だと思った。彼女は一時（いっとき）もじっとしていられなかった。身体は熱く、息遣いは荒かった。放っておいても自然と危うくなる女だった。どうかしたら父はこの危うさに惹かれたのかもしれない。父は族長のようにワイングラスを持ち、乾杯を提案した。父の言葉にみな高々と杯を掲げた。父は僕にもグラスを持つよう言った。僕は前に置かれたグラスを眺めた。葡萄酒は血のように赤かった。僕は額から流れていた血を思った。

　造船所でストライキが始まるや、それを口実に父は居場所を鎮南ホテルに移したが、それももう一年前のこと。僕と十（とお）しか違わない女と一緒に暮らしていた。僕は二人の笑顔にむかつ腹が立ったけれど、一度も表に出したことはなかった。表に出さず、大人しく夕食を食べると、父はお小遣いをくれた。大抵は十万ウォンの小切手だったが、誕生日や試験の成績が良かったときなど特別な日には百万ウォンの小切手をくれた。この日は特別でなかったのに、父は百万ウォンの小切手を差し出した。飲むペースが早すぎたせいかもしれない。僕は小切手をズボンの前ポケットに入れ、トイレに行き、念入りに手を洗った。

レストランを出て、家に戻ろうとイムを待っていても、全然現れなかった。駐車場に車がないので、窓の交換に行ったものと思っていたが、しばらくして現れたグラナダの窓ガラスはひびが入ったままだった。

「どうして人を待たせたりするんです？」

申し訳ないと言ったきり、イムは何も言わなかった。グラナダはゆっくりと埠頭を過ぎ、上り坂を市役所前のロータリーへ向かった。僕は百万ウォンで何をするか考えた。いくら考えてもやりたいことはなかった。ロータリーを回り、鎮南女子高の入口に差しかかったとき、イムが言った。

「二度とあの女が石を投げてくることはないと思います」

「どういうことですか？」

僕が訊いた。

「さっきの女ですよ。私が何してたと思います？　あの女の家に行ってたから遅くなったんです。あんな女が逃げたところで仏様の手のひらってもんでさ」

イムがルームミラーで僕の目を見ながら言った。

「どうやって家が分かったんです？」

「タワークレーンから飛び降りたやつの娘だからみんな知ってますよ。焼け死んだ勤労者もみんなあいつの言葉を信じたばっかりにって、鎮南じゃ目の敵にされてる家ですし。死んだように息もせず、地面を這いつくばって生きても足りないのに、あんな真似してまわるなんて。社長に石を投げてきたこともあります。さっきのホテルの前で。幸い大暴投でしたけど、さすがに警察まで引っぱっていきました。ああやって石なんか投げたって何も変わりません。私なら……」

　そう言いかけてイムは口をつぐんだ。

「行ってどうしたんです？」

　彼は再び僕の目を見つめた。僕はその視線から目をそらし、窓を見つめた。文房具屋、金物屋、洋服屋、化粧品屋、農薬屋など、小さな店が煌々と並んでおり、その前を多くの人々が歩いたり、自転車で帰宅していた。

「そう言わんでください。ただ石を投げるなと言い聞かせただけです。あの女の子をどうこうするつもりははなからありません。ただきつく言っとかないと分からないと思ったからです」

「あの子は何て？」

「言い分ありますか？　分かったって言うでしょう」

「分かった、と？」

そのとき、小さかったひびが急に、僕が左手を挙げて持っている手すりの真上まで広がった。僕は半分に分かれた窓ガラスを眺めた。そうとも知らず、イムは話しつづけた。

「次、もう一回でも投げたら、黙っちゃいないとしっかり言ってきました。もうしてこないと思います」

イムが言った。

「その家（うち）に回してください」

「はい？」

イムは再びルームミラーで僕を睨みつけるように顔を上げた。僕はルームミラーを見なかった。

「その女の子の家に行ってくれと言ってるんです。たった今行ってきたっていう」

「行ってどうするんです？」

「僕にも言うことがあるからです。早く回してください」

イムはハザードランプをつけると、道路脇に車を停めた。

「どうして？」

「そんなこと、あなたが知る必要はありません。行ってくれたらいいんです」

「もしかして私のこと信じられなくてそうおっしゃってるのかと……」

彼の声が震えた。

「父がどこそこに行くぞと言ってもそうなんですか？」

僕のほうを振り返るイムを睨みつけながら訊いた。彼も僕を見つめた。彼は身体を前に向けた。

「承知いたしました」

イムはハンドブレーキを下ろし、再び発車しはじめた。

女の子の家は造船所からほど近い地区だった。入り口から、暗がりにタワークレーンと建造中の船舶の姿が一目で分かった。地方建築業者が造船所の従業員の需要を見て、狭い敷地に前後の見通しも悪い鶏舎のように一列に作った三階建てのアパートだ。D棟まであったが、イムはB棟の前で車を止めた。女の子の家は二〇一号室だと告げたあと、自分はここで待っていると言った。僕は車から降りた。どこかの家の窓が開いているのか、テレビの歌謡番組から流れる音楽がやかましく聞こえた。僕はズボンの前ポケットに手を入れ、小切手がちゃんとあるか確認したあと、入口に向かって歩いていった。階段を踏みしめ、二階に上がった僕は、二〇一号室の前に立ち、呼び鈴を押した。僕は依然として前ポケットに手を入れ、百万ウォンの小切手をいじりながら、ドアが開くのを待っていた。

二　一九八六年三月頃、エミリー・ディキンソンの詩

全てが終わってはじめて、僕らはいつそれが始まっていたか知る。あらゆる亀裂は崩壊に先立つ。けれど、崩壊が起こらないと僕らは亀裂の始点が分からない。だったら、最後の崩壊が起こってはじめて、最初の亀裂が発生すると言ってもよくないか？　なら最初の亀裂はどこにあったのか？　食堂の鍋から死んだ鼠が出てきたあと、処遇改善を求めて操業拒否する労働者らに、父が自転車のチェーンとアルミバットで武装したごろつきを投入したときか？　さもなくば、この未熟な対処の渦中に、ある未婚の労働者が息を引きとったときか？　間抜けにも父の意志が及んだのはここまでで、あとは運命の波に一方的に呑み込まれただけだ。その事故以降、さらに激化したストライキを鎮圧しながら、警察が無理手を打った結果、火災で四名の労働者が亡くなり、ストライキを主導した労働者が同僚

の死に対する自責の念に耐えきれず、タワークレーンから投身自殺する事件が起こった。その惨事によって我が家の運命は、転覆した船のようにひっくり返って起き上がれぬまま、終末の深淵に向かって沈没しはじめたのである。

その年の春のある土曜、我が家が人の手に渡ることもあるという事実にショックを受けた僕は、足の向くまま、あてもなく歩きはじめた。その家は大阪から帰国した祖父が百年を見越して購入した家、ソウルからはるか遠い南部地方に嫁いだ母が二階の窓辺に座り、望郷に濡れた目で海を眺めていた家、母が死に、父が若い女とホテル暮らしを始めてからは、僕が一人で住みながら、毎晩夜になると家の隅々で、あの顔と向かい合っていた家だった。あるときは野望の家、またあるときは孤独の家だった。そして母が死んでからは沈黙の家になったのが、今別の人の手に渡ろうとしている。僕は父の間抜けさに、不運に、ふがいない卑怯に、怒り心頭で耐えきれなかった。拳銃でもあったら、ただちに父を撃ち、僕も自殺していただろう。けれど、その年の春、僕には何もなかった。拳銃もなかったし、父もいなかった。ただ怒りにまかせて春の街を歩くだけだった。

風が涼しい三月中旬だった。雲一つない晴天が続いていたが、僕の空には暗雲が立ち込めつつあった。僕の人生は今とんでもない暴風の中に入ろうとしていたからだ。そうして暗い顔で歩きまわり、五時ごろには延津洞（ヨンジンドン）のロータリーを過ぎ、第三埠頭まで歩いていた。そのとき、向こうからやってくるその女の子に会った。最後にその子を見たのは半年以上前だったが、僕は暗雲の中で稲妻を見るように、その顔をすぐ見てとった。後ろに束ねた髪、眉毛と額、小さく切り立った鼻、それと唇の横のほくろ。そのときなぜこんなことを考えたのか分からない。鎮南で今、僕の気持ちを理解できるのはこの子だけだ、今この子に僕の話を聞かせてやらないと、僕は何をしでかすか分からない。僕は有無を言わせずその子のところに歩いていった。その子も僕を知っていた。

「まだしゃべれないの？」

やはり返事はない。僕はその子の前に立ち、しばらくためらった。

「君の名前はジウンだろ？　僕の名前は知ってる？」

その女の子、つまり、ジウンはうなずいた。だが、僕はもう一度言った。

「僕の名前はヒジェ。イ・ヒジェ」

僕は右手を出しかけてまたためらった。ジウンは僕の目をじっと見つめていた。世界にこの目しかないかのよう。やたらと胸が弾んだ。突然、死ぬかもしれないという気がした。右手が震えた。次の瞬間、僕はジウンの左腕をつかんだ。火をつかむ気分だった。

「君に見せたいものがある。一緒に行こう」

その腕を引っぱりながら、僕が言った。僕はジウンの手を取り、来た道を引き返して歩きだした。ジウンは特に抵抗もなくついてきた。僕らは足早に市内を横切った。プラモデル箱を山積みした文房具屋のショーウィンドウ、白い湯気が立ちのぼる饅頭屋の、ところどころ粒のとれたプラスチックすだれ、製菓店の入口の上に取りつけられた、白を基調に巨大な赤字の〝パン〟を通り過ぎ、僕らは歩きつづけた。街を歩いているあいだ、僕にはつないだ手、ただその手が感じられるばかり。とても熱く、柔らかく、すべすべしていた。僕の手の中でときおりその手が動いたときは手のひらと心臓が直結したようだった。僕の心臓はなぜこんなにも激しく弾んでいるのか？　自問自答した。この子の手が今、僕の心臓に届いたから。僕らは今どこへ向かっているのか？　死の家。この喜びはどこから来るのか？　ついに父が没落したから？　ならば同時にこの悲しみはどこから来るのか？　やはり父が没落したから？　いや、誰かの手が初めて僕の心臓をつかんで離さないから、僕は嬉しくまた悲しいのだ。

結局我が家に到着するまで、僕はジウンと手をつないでいた。愛が終わってはじめて、僕はその愛がいつ始まっていたか知る。そのとき僕がつかんでいたのが本物の火だったら、初恋の火花みたいなものだったら、家に着いたとき、僕の小さな心臓は完全に燃えつきて灰になっていただろう。そして洗われたようにすっかり新しい瞳で、僕は我が家、洋館を眺めた。僕は洋館の壁伝いに長く伸びる灰色の雨どいと、雨どいの隅に取りつけられた蔦(つた)模様の装飾を見上げた。鎮南は雨の本場、人を雇って屋根と雨どいにたまった昨秋の落ち葉を取り除くことで夏じたくを始める。だから毎年五月の終わりごろになると、屋根の上に人がはらはらと立っている姿を目にすることができた。家はがらんとしていた。誰もいない空き家に二人残された僕らは、傾斜のある屋根の上に立っているようだった。

「ほら。この家はもう完全に滅んでる。君が毎日石を投げながら、あんなにも願っていたことさ」

　そう言われてジウンは手を解こうとした。しかし、僕はその手を離さなかった。その代わり、僕はジウンをつれて家に入ろうとした。ジウンはついていくまいと踏ん張った。僕はその子の目を見つめた。

「大丈夫。何もしないよ。君に見せたいものがあってね」

　ジウンは僕の言葉を信じていない様子だ。

「僕を信じて。うちの家が滅んだからって君を恨んだりしない。君に伝えたいことがあるんだ。お願いだから信じてよ」

僕はジウンの両腕をつかんで哀願した。思わず涙が出そうだった。僕は振り返り、ジウンの手を引いた。今度は抵抗がなかった。シャンデリアがぶら下がる応接間を過ぎ、きしむ床を踏み、僕らは二階にある僕の部屋まで上がっていった。扉を開けると壁には、遭難して半分ほど傾いたシャクルトンの南極探査船エンデュアランス号、ヘルベルト・バイヤーの白黒写真、詩人李箱（イサン）の肖像画を貼ってあるのが見えた。

「ここが僕の部屋。生まれてこのかた一度も離れたことない部屋だけど、僕にとっては殻みたいな部屋だけど、もうこの部屋とも永遠にお別れなんだ」

リビングを過ぎ、二階に上がるまでは我慢していたのに、そう言葉にした瞬間、涙がこぼれだした。それは七月の午後、友だちとバスケットしたあとに流れる汗みたいなもの、ただ止まるのを、過ぎ去るのを待つだけ、その涙をどうにもできなかった。僕はようやくジウンから手を離し、ベッドに腰掛けた。僕が泣きやむまでジウンはその場に立ち尽くしていた。カタツムリが通ったあと、かすかに湿り気が残るように、どうにもならない嗚咽が過ぎ去ったあとは、恥ずかしさが残った。

「君に見せたいものがあるんだ」

僕はもう一度言った。ジウンの手をまた握りたかったが、そうする気にはなれなかった。ついてきて、とジウンに手招きした。僕らはまた一階へ下りた。

「親父は恐ろしい野心家さ。だけど、そんな親父よりもっと恐ろしいのは愛に溺れた親父。あれは愛じゃない、ひどい災害みたいなものだった。なぜ必要ない人まで愛すのか？　守銭奴みたいに金さえもらえれば幸せ極まりないやつまでも、愛さなきゃならないのか？　親父を見るたび、愛というのは伝染病と同じだと思った。伝染病が人を選ばないように、誰でも愛せるんだから。親父とおふくろが初めて会ったのは六六年。親父は一目でその後輩に惚れたけど、そこには愛があるだけで、愛を取り巻くものは何一つなかった。太陽だけあって日射しがないみたい。温もりのない炎みたい。結局、おふくろは大学を中退し、この家で僕を産んだ。四年前に亡くなるまでこの家から一歩も出られなかった。おふくろの顔は今でも覚えてる。どう？　苦しみがどんな表情を作るか、君なら分かるだろ？　僕らはそんなとこ、だいぶ似てるから」

僕たちは再び庭に出た。太陽は工業団地の向こうに沈みつつあった。僕は太陽を指さし、ジウンは見つめた。僕らは黄色に染まる洋館の壁に沿って裏庭へ回った。

「愛していたけど、手にできなかったものだけが本物さ。数年後、親父の愛は正体を現した。あんなのは愛じゃなくて所有欲。親父は結婚したあと、おふくろに見向きもしなかったからね。いつも外で別の女と会っていた。おふくろは親父のせいで死んだのさ。僕は君と同じくらい、いや、君よりもっと親父を呪ってる。その点でも僕らは似てる。だから君とこの喜びを分かち合いたかった。ついに没落したこの家を見せたかったんだ。でも、おかしなのは……」

僕は言葉につかえた。ジウンが僕を見つめた。

「おふくろはなんでこの家を出ていかなかったんだろう？　何度もチャンスはあったし、実際もう戻らないつもりで出ていったこともあったのに、なんで毎回この家に戻ってきたんだろう？　いつも不思議だった。だから一度おふくろに直接訊いたことがある。するとおふくろは僕の手を取って、あそこにつれていった。あそこ、僕らが今向かっている場所。春になるにはまだ数日足りない冬だった。丘にのぼる狭い道は蔭になって、ところどころ雪が積もってた。歩いていると、たまに雪を踏んじゃうんだけど、雪は固くてつるつるだった」

僕は三十七歳の、まだ若い母が歩いているのを眺める。家で穿いているロングスカートに青いパーカーを適当に羽織り、片手にたばことマッチを持ったまま、母はふらつきながら、雪の積もった山道を歩いていく。いつだったか化粧台の一番上の棚にしまってあった天の川をこっそり吸ったことがある。何度か吸い込めば、跡形もなく消えるその赤い火に、これほど多くの星の名前をつけたのは誰なのか？　いくら頑張っても、深夜、鎮南市内を眺めていた母のように、カッコよくたばこを吸うことはできなかった。なだらかな丘をのぼりきった母は、道から外れ、木の枝を手にして掻き分けながら躊躇（ちゅうちょ）なく林に入る。どこまで行くの？　僕が尋ねると、もう着いた、と母は言う。それから母はおしっこをするように地面にしゃがみ込む。僕が立っていると、母はたばこを出して火をつけたあと、自分の横に座るよう手招きする。言われるまま、僕は母の横にしゃがみ込む。

「ここの土をどけてみな」

　ここ、母が指し示すその場所に、土と落ち葉のあいだに何かが見える。僕は母に言われた通り、両手で地面に積もったものを払いどけた。小石は冷たかった。僕の手はたちまち冷えた。黄色く枯れた葉と砕けた枝、黒い土のあいだに、墓石が見えた。そこには〝Alice McLean 1933~1939〟と刻まれていた。その文字が見えると、ジウンは僕の横にしゃがみ込む。

「ここにアリスの墓があるのは、おふくろと僕しか知らない。おふくろはこの墓のため、この家を離れられないって言っていた。アリスを守らないといけないって」

「ここに希望が隠されてるのね」

ジウンが墓石を指しながら言った。そこにはマックリーン牧師夫婦が不慣れな地で亡くなった幼い娘のために刻んだ、エミリー・ディキンソンの「Hope is the thing with feathers」という詩があった。僕らは一緒にその詩を読んだ。

Hope is the thing with feathers
That perches in the soul,
And sings the tune without the words
And never stops at all,

And sweetest in the gale is heard;
And sore must be the storm
That could abash the little bird

That kept so many warm.

I've heard it in the chilliest land,
And on the strangest sea;
Yet, never, in extremity,
It asked a crumb of me.

希望は翼をもったもの、
御霊（みたま）に巣食い
声なき歌を歌うらし、
果てなく続くその歌を、

猛き風の中にあり最も甘美なその歌を。
猛き風にも屈せずに
小鳥は多くの者たちを

優しく守ってくれている。

最も冷たき土地にても
最も不慣れな海にても私は聞きしその声を。
だが最悪の場面でも、一度たりとも、
その鳥は我に恵みを望まずにいた。

三　二〇一二年のカミラ、あるいは一九八四年のチョン・ジウン

やがてタクシーのヘッドライトが、洋館の入口に立っている柾の若葉の上で踊るように揺れる。僕は暗闇から視線を移し、その明かりを眺める。車から降りた人たちのシルエットを照らしていたヘッドライトが左に旋回しながら消え、再び暗闇と雨音だけが残される。彼らは、ホテルのベルボーイが持っていたのと同じ傘を持ち、風の言葉アーカイブの門まで歩いてくる。二人はまるで一心同体、身を寄せ合って動く。風はそんなあなたたちを引き離そうとするように、勢いよく吹きつける。僕は彼らが門の呼び鈴を押すまで、窓辺に立って待っている。しばらくして、呼び鈴が家じゅうに響く。僕は呼び鈴がもう一度鳴るまで待つ。二十四年間待ったのだから、あと少し待つのはそれほど難くない。しかし、今度は全然呼び鈴が鳴らない。僕は目を閉じる。十数秒が過ぎたあと、また呼び鈴が聞こえ

る。今度は玄関を開けて外に出る。僕は傘を広げ、門まで走る。どしゃぶりの雨、瞬く間にすぞが濡れる。僕は大きく深呼吸をしてから、門を開ける。門の外にあなたが立っている。

「開館時間は過ぎてます」

僕が言う。

「申し訳ありません。明日まで待てずに、こうしてやってきたんです」

あなたが言う。

僕はあなたを見つめる。

「お願いがあります」

「どちら様ですか？」

僕が尋ねる。

深夜だった。まだ夜明けまでは時間があった。

「私はチョン・ジウンと申します。今、うちの父が鎮南造船所のタワークレーンの上にいるんです。どうか、うちの父を助けてください。どうか」

僕はジウンを見つめる。ジウンも僕を見つめる。もう随分前から互いを凝視していたかのように。

初版　著者あとがき

人と人のあいだには深淵が存在する。深くて暗い、ひやりとする深淵。これまでの人生で何度かこの深淵を前にためらった。深淵はこう言う。「我々はお互いのところへ越えていけないのだ」。

僕を、独り言をつぶやく孤独な人にするのが、まさしくこの深淵だ。深淵で、そこを越えられぬまま、それでも何かを語るとき、届かないと分かっていながら、深淵の向こうにいるあなたに向かって話しかけるとき、僕の小説は始まった。

僕の言葉は深淵に落ちる。だから僕は書き直さなければならない。深くて暗い深淵が、そこに落ちた無数の僕の言葉が、僕を小説家にする。深淵こそ僕の秘められた力だ。

ときおり、説明は困難なのだけど、僕の言葉が深淵を越え、あなたに届くことがある。小説家はこんなふうに神秘を体験する。同様に、生きてゆく中で僕らは神秘を体験する。二人が手を取り合うとき、暗闇で抱擁するとき、二つの光が出会い、一つの光の中へ完全に消えるように。

希望は翼を広げたもの、深淵を越えるもの、僕らが両手をつなぎ、抱擁すること、あるいはあなたが僕の小説を読むこと、深淵に落ちた僕の言葉に耳を傾けること。

どうか僕がこの小説で書かなかったことをあなたが読めますように。

キム・ヨンス

二〇一二年夏

日本語版　著者あとがき

日本の読者のみなさん、こんにちは。

私は今、済州島の南の小島、加波島(カパド)に来ています。九月から三ヶ月の日程で、島の片側にある創作レジデンス〔訳注：芸術分野で活動する作家に提供される作業室などを備えた宿泊施設〕に滞在しています。山も丘もない平坦な島で、ここには強い海風を避ける場所がありません。なので、稲作のようなものは思いも寄りません。幾度に亘る試みの末、住民たちは青麦だけは風にも負けず耐えることに気づきました。春にはこの青麦が波となって風に揺れます。ここに来る前は、単なる観光地の美しい風景だとばかり思っていたのが、今は私を感嘆させます。すごいなぁ。風にも負けない生命というのは。

横道から入って申し訳なかったですが、私はこの小説の主人公カミラは青麦のような人物だと思います。新しい小説を書きはじめるたび、私の心はわくわくします。今回は果たしてどんな人だろう？　私も最初は自分が書く小説の主人公がどんな人物かよく分からないからです。誰かと知り合って愛するようになるときみたいに、私は自分の主人公がどんな人か知らされつつ、ときに驚かされもします。この小説で私がもっとも驚いたのは、カミラが「誰も自分の人生の観光客にはなれないじゃないですか」（97頁）と言ったときでした。間違いなくカミラは私より何倍も強い人です。

カミラは勇敢だからこんなことを言っているのではないと私は思います。私たち同様、彼女もまた、今この瞬間が彼女に与えられた全てだったからです。それはどこの誰のものでもない私たちの人生です。私たちの愛するものがまさにここにあります。愛するものを守るためなら、誰もが勇敢になるのです。つまり、カミラは勇敢な人ではなく、自分の生を愛する人です。私はみなさんにもそのように言いたいです。今この瞬間、私たちの前に置かれたこの人生を愛そう、と。これは何一つ憎むべきところのない生。美しい生です。別の人の視点から見ると、お金がなかったり病気を患っているように見えるかもしれませんが、自分の目から見ると明らかにこれは美しい生です。

加波島に来てまもなく、台風がやってきました。台風は島の何もかもをさらっていくので、人びとは加波島を離れ、済州で台風が過ぎるのを待ちます。私もそうしました。済州のホテルに泊まっているあいだ、雨が降り強風が吹きました。傘が駄目になり、どこに行くこともできませんでした。そうやって待っていると、台風が去って太陽が出てくるのです。いつ台風が来てた？　と言うかのごとく青く澄んだ空に呆気にとられるほどでした。再び、住民とともに旅客船で島へ戻りました。そうして再び生が始まりました。観光客でない主人公である限り、この人生はいつでも再開できるのです。

最後に、私の小説を日本へ紹介するのに尽力くださる松岡雄太さんに感謝のことばを伝えます。海を越えられるよう私の小説に翼をつけてくださった人だと思います。ありがとうございます。

キム・ヨンス

二〇二一年九月

訳者あとがき

「自分より前の世代（先祖）が犯した罪について、われわれは責任をとるべきだろうか」。授業中にこんな質問を投げかけると、意外に多くの学生が「その必要はない」と答えます。無理もありません。自分が直接犯してても関わってもない行為に、それが自分の生まれる前のことならなおさら、なぜ責任を取らないといけないのか。でも、果たしてそうでしょうか？　いつどこで、どのような境遇のもとに生を受けるか、私たちは選べません。今もし日本（人）に生まれてよかったと思っているなら、それは自分より前の世代（先祖）の築き上げた恩恵に与っているためです。右のように答える学生が年々増えている（ように感じられる）ことに、その反応が次第に当たり前となっていくことに、私は少々危うさを感じます。自分へとつながる過去を想像できない人は、同じく未来のことについても想像が及ばないだろうと思うからです。これからも個人主義を貫いて、自己責任のもと自分（たち）本位に生きてよいものか。また一方で、ある行為が罪だと認められるとき、その原因はどこまでその行為者に帰せるのか。個人か集団か自分が関わったか否かにかかわらず、そもそも「責任」とは何なのか。どうしたらその「責任」は取れるのか。本当にその「責任」は取れるのか。本作はこのような問いについて改めて考えさせられます。キム・ヨンス文学の主なテーマとして「他者との疎通」、「歴史への懐疑」、「真実への渇望」などがあげられると言われますが、本作ではこれらのエッセンスが折り重なりながら、とりわけ過去から現在へのつながりについて問いかけられているように私は感じます。

本作を読み進めていくとじきに分かりますが、登場人物のうち、ジウンはキム・ヨンス氏と同じ一九七〇年生まれという設定です。〝初版著者あとがき〟にもあるように、著者は作中に書かなかったことを残したまま物語を終えています。そしてその自分が書かなかった内容を読者のみなさんが読めるのを願っています。著者が最後まで語らなかったことの一つに、〝父親〟があげられます。このおかげで本書は読みおえたらすぐもう一度、二度目はタイムテーブルでも作りつつ、謎解きをしながら読み返したくなることでしょう。でもこれはおまけのようなもの、私はあとがきにある著者のこの言葉を、ジウン（＝著者）の声は深淵の向こう側にいる読者のもとに届くか、という二重のメッセージだと解釈

しています。ジウンの呼称「지은이（ジウニ）」は韓国語で「作家（＝書き手）」を意味するからです。

ジウンをはじめとする登場人物たちのように、七、八十年代の韓国で少年、青年時代を送った人々の背景、そうした時代を経て現在の韓国を生きる人たちの思想心情を、私たち日本人は（あるいは韓国の今の若者たちも）理解できるでしょうか？　近年、草の根レベルでの交流は増えてきても、日韓関係がいまだなかなかうまくいかないのは、過去に日本人の多くが（そして人によっては今も）こうした韓国人の思考やその背景に無関心を貫いてきたつけ、そして現在、日本人の韓国に関する関心事がもっぱらその文化商品に留まっている所以（ゆえん）だろうと私は思っています。しかし一方で、物心ついたときからお互いのサブカルチャーに慣れ親しんでいる二十一世紀生まれの若い世代が今後いずれ日韓両国でそれぞれ社会の中心を担うようになったとき、今とは違った新たな日韓時代が到来しているかもしれないとも思います。ただ、その新時代の、お互いの文化は尊重する一見良好に見えるその関係が表面的なものにならないためにはやはり、偏見を除いた対等的な敬意、その時代に至るまでの背景を含む深い相互理解は欠かせません。二年ほど前から韓国現代文学の翻訳がかつてなく日本の書店の本棚をにぎわせるようになりました。現在はまだ女性文学やエッセイなど一部のジャンルが先行している段階ですが、今後いっそう幅広い作品が読まれ理解されていくことでこの相互理解は深まるだろうと考えます。

私事で恐縮ですが、作中後半で長崎の大学から来た学生たちが登場する短い場面、その大学は実は私の前任校です。もちろん、偶然ではありません。本作は初版が二〇一二年、二〇一五年に再版が出ています。私の手元には初版本がないので、今回の邦訳は再版本によっていますが、著者ご本人から直接伺った話によると、この大学名、もとは長崎にある別の大学だったのを、二〇一五年の再版時に修正したのだそうです。このときの縁がもとで本書はこうして世に出ることとなりました。

末筆ながら、前作『四月のミ、七月のソ』から引き続き、本作の刊行にも手を挙げてくださった駿河台出版社（編集部の浅見忠仁氏）、訳文の確認作業におつきあいくださった元同僚の沈智炫氏と朴泰俊氏に心より感謝いたします。本書も日韓両国のあいだに横たわる深淵を越える翼のひとつになると信じて。

二〇二一年九月

松岡雄太

今回の翻訳にあたり、以下の書籍を参照、引用したことを付記しておきます。

○『シカゴ詩集』
　サンドバーグ・安藤一郎訳　一九五七年　岩波書店
○『朝鮮詩集』
　金素雲訳編　一九五四年　岩波書店
○『対訳ディキンソン詩集―アメリカ詩人選（三）』
　ディキンソン・亀井俊介編　一九九八年　岩波書店
○『プレヴェール詩集』
　プレヴェール・小笠原豊樹訳　二〇一七年　岩波書店

著者年譜

〈西暦〉	〈年齢〉	〈主な出来事／刊行作品〉	〈大統領〉
一九七〇年	〇歳	◇慶尚北道金泉に生まれる	朴正熙
一九八〇年	一〇歳	○光州事件が起こる	全斗煥
一九八七年	一七歳	○民主化宣言	
一九八八年	一八歳	○ソウルオリンピック開催	盧泰愚
一九八九年	一九歳	◇成均館大学英語英文科に入学	
一九九三年	二三歳	◆『作家世界』夏号に詩を発表	金泳三
一九九四年	二四歳	◆長編小説『가면을 가리키며 걷기〈仮面を指しながら歩く〉』（世界社刊）で第3回作家世界文学賞を受賞	
一九九五年	二五歳	◇大学卒業	
一九九七年	二七歳	◇雑誌出版社に就職	
		◆長編小説『7번국도〈国道七号〉』（文学トンネ刊）	
二〇〇〇年	三〇歳	◆短編小説集『스무살〈二十歳〉』（文学トンネ刊）	金大中
二〇〇一年	三一歳	◆長編小説『꾿빠이 이상〈グッバイ李箱〉』（文学トンネ刊）で第14回東西文学賞を受賞	

二〇〇二年　三二歳　◇雑誌出版社を退職、専業作家になる
○サッカーW杯日韓共同開催
◆短編小説集『내가 아직 아이였을 때〈僕がまだ子供だったころ〉』（文学トンネ刊）

二〇〇三年　三三歳　◆長編小説『사랑이라니, 선영아〈愛だなんて、ソンヨン〉』（作家精神刊）
『僕がまだ子供だったころ』で第34回同仁文学賞を受賞
盧武鉉

二〇〇四年　三四歳　◆散文集『청춘의 문장들〈青春の文章〉』（心の散策刊）

二〇〇五年　三五歳　◆短編小説集『나는 유령작가입니다〈ぼくは幽霊作家です〉』（チャンビ刊）で第13回大山文学賞を受賞［新泉社より二〇二〇年に邦訳出版］

二〇〇七年　三七歳　◆翻訳『待つこと』〈ハ・ジン（哈金）著　原題：Waiting〉（時空社刊）
◆長編小説『네가 누구든 얼마나 외롭든〈君が誰でもどんなに寂しくても〉』（文学トンネ刊）
◆短編小説「달로 간 코미디언〈月に行ったコメディアン〉」で第7回黄順元文学賞を受賞
◆翻訳『大聖堂』〈レイモンド・カバー著　原題：Cathedral〉（文学トンネ刊）

二〇〇八年　三八歳
◆散文集『여행할 권리〈旅行する権利〉』（チャンビ刊）
◆長編小説『밤은 노래한다〈夜は歌う〉』（文学と知性社刊）［新泉社より二〇二〇年に邦訳出版］

李明博

二〇〇九年　三九歳
◆短編小説集『세계의 끝 여자친구〈世界の果て、彼女〉』（文学トンネ刊）［クオンより二〇一四年に邦訳出版］
◆短編小説「산책하는 이들의 다섯 가지 즐거움〈散歩する者たちの五つの楽しみ〉」で第33回李箱文学賞を受賞
◆映画「잘 알지도 못하면서〈よく知りもしないのに〉」に出演

二〇一〇年　四〇歳
◆散文集『대책 없이 해피엔딩〈いつかそのうちハッピーエンド〉』（キム・ジュンヒョク氏との共著　シネ刊）
◆翻訳『権力と栄光』〈グレアム・グリーン著　原題：The Power and the Glory〉（開かれた本たち刊）
◆散文集『우리가 보낸 순간〈僕らが共に過ごした瞬間〉』全二冊（心の散策刊）
◆長編小説『7번국도 Revisited〈国道七号Revisited〉』（文学トンネ刊）

二〇一二年　四二歳
◆長編小説『원더보이〈ワンダーボーイ〉』（文学トンネ刊）［クオンより二〇一六年に邦訳出版］
◆散文集『지지 않는다는 말〈負けないという言葉〉』（心の森刊）
◆長編小説『파도가 바다의 일이라면〈波が海のさだめなら〉』（子音と母音刊）

二〇一三年　四三歳　◆短編小説集『사월의 미、칠월의 솔〈四月のミ、七月のソ〉』（文学トンネ刊）［駿河台出版社より二〇二一年に邦訳出版］　朴槿恵

二〇一四年　四四歳　○セウォル号沈没事故
◆散文集『청춘의 문장들＋〈青春の文章＋〉』（心の散策刊）

◆散文集『소설가의 일〈小説家の仕事〉』（文学トンネ刊）

二〇一五年　四五歳　◆『波が海のさだめなら』『愛だなんて、ソンヨン』『二十歳』が文学トンネから再版

二〇一六年　四六歳　◆『グッバイ李箱』、『ぼくは幽霊作家です』、『僕がまだ子供だったころ』、『夜は歌う』が文学トンネから再版

二〇一八年　四八歳　◆散文集『언젠가、아마도〈いつか恐らくは〉』（カルチャーグラファ刊）　文在寅

二〇一九年　四九歳　◆散文集『시절일기〈時節日記〉』（レジェ刊）

二〇二〇年　五〇歳　◆長編小説『일곱 해의 마지막〈七年の最後〉』（文学トンネ刊）で第12回許筠文学作家賞を受賞

著者　キム・ヨンス（金 衍洙）

慶尚北道金泉（キムチョン）生まれ。成均館（ソンギュングァン）大学英文科卒。一九九三年『作家世界』夏号に詩を発表、一九九四年長編小説『仮面を指して歩く』で第三回作家世界文学賞を受賞して、本格的に作家デビュー。長編小説『グッバイ、李箱（イサン）』で二〇〇一年東西（トンソ）文学賞、短編小説集『僕がまだ子供だったころ』で二〇〇三年東仁（ドンイン）文学賞、短編小説集『ぼくは幽霊作家です』で二〇〇五年大山（テサン）文学賞、短編小説「月へ行ったコメディアン」で二〇〇七年黄順元（ファンスンウォン）文学賞、短編小説「散歩する者たちの五つの楽しみ」で二〇〇九年李箱（イサン）文学賞、長編小説『七年の最後』で二〇二〇年許筠（ホギュン）文学作家賞を受賞。他にも、長編小説に『国道七号Revisited』、『愛だなんて、ソンヨン』、『君が誰でもどんなに寂しくても』、『夜は歌う』、『ワンダーボーイ』、短編小説集に『二十歳』、『世界の果て、彼女』、『四月のミ、七月のソ』、散文集に『青春の文章』、『旅行する権利』、『僕らが共に過ごした瞬間』、『負けないという言葉』、『小説家の仕事』、『いつかそのうちハッピーエンド』（共著）などがある。

訳者　松岡雄太（まつおか　ゆうた）

一九七八年福岡県京都郡生まれ。関西大学外国語学部教授。九州大学大学院人文科学府博士後期課程修了。博士（文学）。長崎外国語大学外国語学部国際コミュニケーション学科講師、同准教授などを経て、現職。訳書に『四月のミ、七月のソ』（キム・ヨンス著、駿河台出版社）がある。

波が海のさだめなら

２０２２年５月30日初版第１刷発行

著者――キム・ヨンス（金 衍洙）
訳者――松岡雄太

発行人――井田洋二
発行所――株式会社 駿河台出版社
〒１０１－００６２
東京都千代田区神田駿河台３－７
TEL. 03－3291－1676
FAX. 03－3291－1675
www.e-surugadai.com

ISBN 978－4－411－04043－5 C0097